KB055704

"보고 싶었어!
정말 너무너무 보고 싶었어,
유우토 오빠!
흐아아앙."
"나도! 나도……."
말을 잇기도 전에 미츠키가 유우토의 품으로 뛰어들었다.
옷 너머로 전해지는 그녀의 감촉이,
온기가 이게 환상이 아님을 절절하게 실감시켜주었다.
백련의 패왕과 성약의 발키리 7

"아버님께 전해드려라.
지크루네는 마지막까지
훌륭히 싸웠다고."

"하지만 오라버님이 귀환하신 지금,
너까지 없으면
《늑대》 군은……"

패왕의 가슴 속에 깃들어 있는 그 마음은.

"응, 여기는 평화로워.
유우토 오빠는 이제 싸우지
않아도 괜찮아."

저 멀리 있는 전란의 이 세계에서 벗어나

"웃! ……그렇, 지.
이제 돌아왔으니까
그 피비린내 나는 짓을 하지
않아도 되는, 구나……."

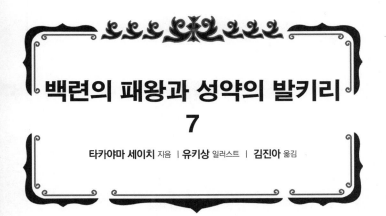

백련의 패왕과 성약의 발키리
7

타카야마 세이치 지음 ｜ **유키상** 일러스트 ｜ **김진아** 옮김

일러스트 | **유키상**

c o n t e n t s

시모야 미츠키
유우토의 소꿉친구.
유우토가 위그드라실에
소환된 후로도 연락을
취하며 그를
지원해주고 있다.

**알베르티나 &
크리스티나**
《발톱》의 종주 딸로 쌍둥이
자매. 천진한 언니 알을
괴롭히는 것이 동생
크리스의 삶의 보람.

에페리아
노예상인에게 끌려와 팔려
가기 직전에 유우토가 구해
준 소녀. 《늑대》의 궁전에서
하녀로 일하고 있다.

스카피드
「조소하는 학살자」라는
별명으로 두려움을 사는
《늑대》의 부종부 보좌.

흐베드룽그
《표범》의 종주. 유목민족
《표범》을 1년 만에 강력한
기마군단으로 변모시킨
영걸. 그 정체는......

시귄
흐베드룽그의 아내
「미드가르드의 마녀」라는
별명을 가진 희대의
세이드 술사.

Characters

등장인물소개

펠리시아
유우토의 부관이자 의형제를 맺은 소녀. 《무모의 종자》의 룬을 지닌 만능 에인헤리아르.

지크루네
유우토와 양자결연을 맺은 무인. 《달을 삼킨 늑대》의 룬과 《최강의 은 늑대》라는 칭호를 가졌다.

스오 유우토
현대에서 위그드라실로 소환되어 겨우 2년 만에 《늑대》씨족의 종주가 된 소년.

리네아
《봄》의 씨족을 다스리는 종주. 《늑대》에게 선전포고를 했다가 패하여 유우토와 의형제를 맺었다.

잉그리드
《늑대》의 무기 등을 생산하는 공방의 우두머리로 유우토의 양자. 《검극을 낳는 자》의 룬을 지녔다.

PROLOGUE

"이제 오늘쯤이면 한창 싸우는 중…… 이겠지?"

미츠키는 손에 쥔 스마트폰을 조작하여, 유우토의 사진을 화면에 크게 띄웠다.

몇 개월 전, 겨울에 찍었다던 사진이었다. 기억 속에 자리한 3년 전의 유우토에 비해 훨씬 더 진한 구릿빛 피부와 날카로운 인상을 가진 동시에, 고생을 심하게 해서 그런지 꽤 어른스럽게 보였다.

그러나 사진은 어차피 사진에 불과하다.

유우토가 얼마나 키가 컸는지까지는 전혀 알 수 없다.

사진은 항상 같은 표정뿐이라서 좀 더 여러 가지 얼굴을 보고 싶었다.

무엇보다 미츠키가 고집을 부릴 때 짓는 「어쩔 수 없지 뭐」하는 식의 쓴웃음이 제일 좋았다.

이렇게 보고픈 소꿉친구가 전쟁을 하러 떠난 지 열흘 정도 지났다.

하루하루가 길게 느껴져서 힘들었다.

유우토 앞에서는 그에게 괜한 부담을 주지 않기 위해 밝은 척을 하며 배웅했지만, 솔직히 말해서 전쟁 따위 하러 가게 놔두고 싶지 않았다.

현대의 지식을 구사하여 유우토가 이끄는《늑대》군이 연전연승의 무적이라는 건 잘 안다.

하지만 인터넷을 조사해보니, 그 어떤 유명한 장수도 승률이 100%는 아니란다. 그 대단한 타케다 신겐도 승률은 70%에 채 미치지 못했다.

평생 동안 통산 72회의 전투 중, 세 번은 크게 패전했다고 한다.

그중 한 번이 오케하자마 전투 때의 이마가와 요시모토처럼 되지 않으리라는 보장도 없다.

혹시 이대로 유우토한테서 연락이 두절된다면……. 그런 무서운 상상이 자꾸만 머릿속을 스쳐서 무서워 견딜 수가 없었다.

"빨리 돌아와, 유우토 오빠."

책상에 놓인 신경(神鏡)을 집게손가락으로 쿡쿡 찔렀다.

거울은 창문에서 쏟아져 들어오는 보름달의 빛을 받아 은은하게 발광하고 있었다. 참으로 신기한 재질이었다.

유우토는 위그드라실에 있는《요정의 동》이 아닐까 하고 추측하는 모양이었다. 왜 그런 것이 일본에, 그것도 미츠키의 집안에서 전해내려 오는지 의문은 그저 깊어지기만 했다.

"……어?"

미츠키는 신경의 뿌연 거울 표면에 문득 얼룩 같은 **검은 무엇인가**가 묻어 있는 것을 발견했다.

"이런 게 언제 생긴 거지?"

유우토를 이세계 위그드라실로 보내버려 원망스럽기만 한 거울이지만, 한편으로는 유우토와 연락을 취할 수 있는 필수적이고 중요한 물건이기도 했다.

일단 근처에 둔 물티슈로 닦아내려고 하던 순간이었다.

"이거…… 좀 커진 것 같다?"

저도 모르게 눈을 의심했다.

그러나 얼룩은 미츠키가 눈을 깜빡이는 사이에도 점점 커지더니 이윽고 그게 사람의 형상을 취하고 있다는 것을 알아차렸다.

"이거…… 혹시……!"

그때였다.

콰당탕! 하고 등 뒤에서 뭔가 커다란 것이 떨어지는 소리가 났다.

지금 그 자리에 있는 건 항상 자던 침대밖에 없을 터. 벽에 뭔가 걸어둔 것도 없으니 떨어질 거라고는 그저 지붕 정도밖에 없다.

그래도 소리가 난 것은 분명했다.

도대체 뭔가 싶어 미츠키가 황급히 고개를 돌리자——

"앗?! 유, 유우토 오빠?!"

방금 전까지 마음에 그리고 있던 소꿉친구가 그곳에 있었다.

ACT 1

"미츠키…… 맞지?"

시야에 들어오는 기억보다 훨씬 어른스럽게 성장한 소꿉친구의 얼굴을 빤히 쳐다보며 유우토는 조심스럽게 물었다.

지금 현재의 미츠키의 얼굴도 사진으로 확인해서 알긴 했다. 그러나 사진의 그것과 직접 눈으로 보는 건 역시 느낌이 전혀 달랐다.

게다가 사진발도 좋지 않았던 것도 한 원인이리라.

3년 만에 가까이에서 본 그녀는 유우토의 상상 이상으로 예뻐졌다. 아직 옛날 얼굴이 남아 있긴 했지만 마치 딴 사람처럼 보였다.

"맞, 아. 미츠키야. 정말 유우토 오빠…… 맞아?"

울먹거리며 그렇게 묻는 미츠키의 눈가에서 굵은 눈물방울이 맺혔다.

그 우는 얼굴이 유우토의 추억 속 미츠키와 똑같이 겹쳤다.

그녀는 유우토의 소꿉친구가 틀림없었다.

"그래, 나야! 유우토!"

"흑!"

말을 잇기도 전에 미츠키가 유우토의 품으로 뛰어들었다.

옷 너머로 전해지는 그녀의 감촉이, 온기가 이게 환상이 아님을 절절하게 실감시켜주었다.

"보고 싶었어! 정말 너무너무 보고 싶었어, 유우토 오빠! 흐아아앙."

"나도! 나도…….”

두 사람은 너무 감격에 겨워 그 이상 말을 잇지 못했다.

위그드라실로 가게 된 이후, 미츠키를 떠올리지 않은 날은 하루도 없었다.

계속 그녀와 다시 만날 날만 손꼽아 기다렸다.

이제까지 힘들고 외로웠던 나날들의 기억이 뇌리를 스치며 가슴이 벅차올랐다.

더욱 그녀를 느끼고 싶어서 유우토도 미츠키의 등에 손을 두르고, 솟구치는 만감과 함께 꼭 끌어안았다. 거기에 답하기라도 하는 것처럼 유우토의 가슴팍에 꼭 쥐는 미츠키의 손에도 힘이 들어갔다.

잠시 그렇게 서로의 존재를 확인한 후, 미츠키가 천천히 물었다.

"돌아왔다는 건 《핌불베르트》를 쓰는 사람을 찾은 거야?"

"……아아, 난 정말로 돌아왔구나.”

유우토는 새삼 자신이 있던 원래 세계로 돌아왔다는 사실을 곱씹었다. 약 3년 만에 만나는 소꿉친구의 재회에 흥분하는 바람에 의식은 온통 그쪽에만 쏠려 있었던 것이다.

"깜짝 놀라게 해주려고 그런 거야? 너무해. 미리 알려주지 그랬어. 전쟁터로 간다고 해서 내가 얼마나 걱정을 했는데……."

"앗! 맞다! 전투는 아직 끝나지 않았어!"

정신이 번쩍 든 유우토는 눈을 휘둥그렇게 떴다.

사태의 급변에 혼란에 빠져 있던 뇌가 급회전을 시작하자, 직전의 기억이 되살아났다.

간신히 《천둥》과 《표범》 연합군을 물리치자마자, 《표범》 제일의 세이드 술사 『미드가르드의 마녀』 시귄이 건 《핌불베르트》 때문에 몸을 묶고 있던 **무엇인가가** 툭 끊어져 버렸다.

그 순간, 세상이 일그러지면서 확 멀어지더니 눈앞에 미츠키가 나타났다.

적인 시귄이 유우토를 위해 《핌불베르트》 비법을 행하여 현대로 귀환하게 해준 친절을 베풀었을 리는 만무했다.

당연하지만 그녀가 유우토를 돌려보낸 건 《표범》을 위해서임이 분명했다.

무엇이 노림수인지는 명백했다.

전쟁이 한창일 때 총대장인 자신이 갑자기 사라졌으니 말이다. 《늑대》군은 혼란에 빠지리라. 그리고 일을 성사시킨 자가 시귄인 이상, 이 정보는 《표범》에 바로 전달된다. 지금 바로 《늑대》군은 괴멸의 위기에 놓였다고 해도 과언이 아니었다.

"미츠키! 스마트폰 좀 빌려줘!"

"어, 아, 응."

절박한 유우토의 어조에 미츠키도 심상치 않은 분위기를 감지한 모양이다. 황급히 일어나 베개 맡에 충전해둔 스마트폰을 집어 유우토에게 건네주었다.

"고마워."

받자마자 유우토는 연락장을 열어 리스트 안에 있던「유우토 오빠」라는 문자를 탭했다.

귀환하기 직전, 펠리시아에게 자신의 스마트폰을 쥐여주었기 때문이다.

그걸로 연락을 해보려고 했지만——

『지금 거신 전화는 전파가 닿지 않는 곳에 있거나, 전원이 켜져 있지 않아 연결이 되지 않습니다.』

수화 스피커에서 흘러나온 건 무기질적이고 담담한 여성의 안내 음성이었다.

"칫, 역시 안 되는구나."

혀를 차며 유우토는 스마트폰을 귀에서 떼고 종료 버튼을 눌렀다.

위그드라실과 통신을 하기 위해서는 이아른비드의 성탑에 모셔진 신경 근처에 있어야 한다.

그러나 지금 펠리시아를 비롯한 이들이 있는 곳은 《늑대》의 영토 서쪽 끝인 가니사 요새다.

물론 연락이 되지 않을 것쯤은 유우토도 짐작하고 있었

다. 그래도 그저 손 놓고 가만히 있을 수는 없었다.

"다들 무사해야 할 텐데……."

초조함으로 인해 심각한 표정으로 유우토는 스마트폰을 꽉 쥐었다.

불길한 상상이 멈추지를 않았다.

"유, 유우토 오빠, 괜찮아? 왜 이리 땀을 많이 흘려?"

"아아, 난…… 괜찮아."

"혹시 저쪽에 큰일이 났을 때 여기로 오게 된 거야?"

"…………."

유우토는 묵묵히 한 번 고개를 끄덕였다.

돌아온 것 자체는 기쁜 일이었다. 줄곧 일일여삼추의 심정으로 현대로 돌아갈 날을 손꼽아 기다렸으니 말이다.

그러나 이 타이밍은 그야말로 최악이었다. 도저히 순순히 기뻐할 수도 없이, 그저 복잡한 감정만 유우토의 가슴 속에서 휘몰아쳤다.

"그렇구나. 그래도……."

작은 탄식과 함께 미츠키는 유우토에게 다가가 살며시 그 뺨에 손을 대며 미소 지었다.

"어서 와, 유우토 오빠. 또 오빠를 볼 수 있어서, 이렇게 만질 수 있어서 난 얼마나 기쁜지 몰라."

"……아아, 다녀왔어, 미츠키."

그 말에 유우토의 가슴 속에 따뜻한 무엇인가가 울컥 샘솟았다.

그녀의 온기가, 콧속을 간질이는 달콤한 향기가 그저 그립기만 했고, 너무나도 감격스러웠다.

"얼굴 더 잘 보여줘."

미츠키가 촉촉이 젖어든 눈동자로 유우토를 빤히 올려다보고 있었다.

유우토의 등골을 타고 오싹한 전율이 지나가며, 심장이 아플 정도로 빠르게 약동했다.

이건 정말 반칙이었다.

남자라는 생물은 여자의 눈물에 약하다.

그게 좋아하는 여자의 것이라면 더더욱 심하다.

"응, 인상도 날카롭고 어른스러워지긴 했지만, 그래도 옛날 얼굴은 남아 있구나. 사진보다 훨씬 멋있…… 아앗?!"

미츠키의 입에서 놀라움인지 당황인지 종잡을 수 없는 소리가 터져 나왔다.

유우토가 자기 얼굴을 바짝 들이댔기 때문이다.

3년 동안, 계속 마음에 품어왔던 소녀가 바로 눈앞에 있다.

둘 사이를 가로막고 있는 건 아무것도 없고, 바로 손만 뻗으면 닿을 수 있다.

솔직히 말해서, 이제 참는 것도 한계였다.

만약 미츠키가 조금이라도 싫은 눈치를 보이면 그만둘 셈이었다.

그러나 미츠키는 몸은 뻣뻣하게 굳어 있어도, 얼굴을 돌리지 않고 살며시 눈을 감았다.

"유우토······ 오빠······."

희미하면서도 진심이 가득한 목소리로 유우토의 이름을
불렀다.

그건 이제 유우토를 붙들고 있던 마지막 이성의 끈을 끊
어버렸다.

"미츠키······."

유우토도 눈을 감으며 천천히 그 얼굴을 가까이 가져가
는데──

쾅쾅쾅쾅!

"미츠키! 방에서 웬 남자 목소리가 나냐?! 얼른 문 열어!"

마구 문을 두드리는 소리와 함께 분노와 초조로 잔뜩 물
든 굵직한 목소리는 두 사람을 저도 모르게 펄쩍 뛰게 만
들었다.

미츠키의 집 거실은 5년 정도 전에 방문했던 때 그대로
였다.

밝은 목재로 된 식기 선반, 같은 색의 직사각형 다이닝
테이블, 거기에 놓인 네 개의 의자. 시선을 왼쪽으로 돌리
면 50인치짜리 대형 액정 텔레비전이 자리하고 있다.

어머니가 일 때문에 집에 없을 때면 몇 번이나 이 집에 놀
러와 미츠키의 어머니가 솜씨를 발휘한 요리를 먹곤 했다.

낯익은 광경에 이제 정말 현대로 돌아왔구나, 하는 실감이 새삼 치밀어 올랐다.

"정말 유우토, 네가 맞냐?"

그런 감상에 젖어 있자니, 나잇살로 듬직한 체격에 안경을 쓴 중년 남자가 눈앞에 앉아 팔짱을 끼고 날카로운 눈빛으로 쏘아봤다.

시모야 시게루. 바로 미츠키의 아버지였다.

하루 종일 일 때문에 나가 있어서 유우토와는 그다지 면식이 없지만, 미츠키한테서는 항상 생글생글 웃는 자상한 아버지라고 들었다.

그런 그의 표정은 지금은 잡아먹기라도 할 듯 무서웠다.

유우토 정도 나이대의 소년이라면 움츠러들어 덜덜 떨어댈 정도의 위압감이었고, 유우토도 위그드라실에 가게 되기 전이었다면 분명 주눅이 들었을 것이다.

"네, 오래간만에 뵙습니다, 아저씨."

유우토는 그저 태연하게 대답하며 고개를 꾸벅 숙였다.

유우토는 종주가 된 이후, 야쿠자도 맨발로 도망갈 정도로 험상궂은 얼굴과 **분위기**를 가진 자들과 험난한 교섭을 하고 살았다. 지금 와서 이 정도 가지고는 마음에 잔물결 하나 일어나지 않았다.

실로 당당한 태도였다.

그러나 그 태연자약한 태도는 안 그래도 속이 부글부글 끓는 시게루에게 있어, 불에 기름을 붓는 꼴이었다.

"뭐가 오래간만이라는 거냐! 왜 딸애의 방에 있는 거지?! 그것도 이런 한밤중에!"

콰앙! 하고 책상을 난폭하게 내리치며 시게루는 언성을 높였다. 한창나이의 딸을 가진 아버지 입장에서는 당연한 반응이리라.

"왜냐고 하셔도……."

대답을 머뭇거리는 유우토.

귀환 장소가 미츠키의 방이었다는 건 아마 미츠키가 신사에서 가지고 왔다는 거울과 관계가 있으리라.

그러나 그걸 말해서 믿어줄 것 같지 않았다.

"너에 대해서는 아내한테서 들었다. 3년 동안 어딜 그렇게 싸돌아다녔지? 내가 그런 불량 청소년과 어울리는 걸 허락할 리가……."

"자자, 거기까지. 여보, 왜 이리 열을 내요?"

미츠키와 눈매가 비슷한 중년 여자가 불같이 화를 내는 시게루의 뺨을 꾹 눌러 터져 나오는 말을 막아버렸다.

"미, 미요 아주머니."

이어 나타난 이는 유우토가 잘 아는 사람이었다.

시모야 미요── 미츠키의 어머니이며, 몸이 약해 일찍 돌아가신 어머니를 대신하여 어린 유우토를 맡아 잘 돌보아주었기 때문에 유우토에게 있어 또 한 명의 어머니라고 할 만한 인물이었다.

"어머, 유우토. 못 본 사이에 정말 멋있어졌구나~. 내가

20년만 더 젊었더라면 가만 안 두었을 텐데~."

"당신?!"

"엄마?!"

시모야 부녀가 나란히 당황해서 소리쳤다.

그 모습이 재미있었는지 미요가 쿡쿡거리며 입가에 미소를 지었다.

"이런 흔한 농담에 뭘 그렇게 난리를 떠는지. 정말 그 아빠에 그 딸이라니까."

"~~윽!"

시게루와 미츠키가 새빨개진 얼굴로 미요를 째려보았다.

유우토도 두 사람의 심정을 모르는 바는 아니었다.

마지막으로 미요를 만난 건 3년 전이었지만, 그 시절과 전혀 변함없는 외모였다. 이미 나이는 마흔 전후를 바라볼 텐데도 외견상으로는 아직도 20대 후반, 잘못 보면 딸 미츠키와 자매라고 해도 믿을 정도의 동안 미모의 소유자였다.

"자, 여보. 차라도 마시면서 진정 좀 해요."

"……흥!"

시게루는 잔뜩 토라진 것처럼 콧방귀를 뀐 후, 아내가 내민 찻잔을 확 빼앗아들고 벌컥 들이켰다.

그 일련의 대화와 다독임으로 시게루는 분노가 가라앉은 모양이었다.

미요는 이어서 유우토와 미츠키에게도 차를 나눠준 후,

시게루 옆에 자리를 잡았다.

"이 사람처럼 엄하게 대할 셈은 없지만, 지금까지 뭘 하고 지냈는지 설명 좀 해주겠니?"

아까까지의 상냥하고 장난스러운 표정을 대번에 지우고, 미요는 유우토에게 진지한 눈빛을 보냈다.

겉으로는 냉정하게 보였지만, 조용한 분노가 절절히 느껴졌다.

유우토로서는 시게루보다 이쪽이 더 대응하기가 힘들었다. 철이 들 때부터 자신을 돌봐준 사람이었던 만큼 예전부터 쉽게 고개를 들지 못했으니 말이다.

"어어~, 그건 미츠키한테서 들으셨을 것 같은데요……."

"아~, 그 무슨 다른 세계로 빨려 들어갔다고 하는 말은 들었어."

문득 기억이 났다는 듯 미요가 손뼉을 쳤다.

"그래서 그 옷은 그 세계의 복장이라는 거니? 준비가 철저하구나. 그런 걸 코스프레라고 하지 않니?"

그 시선에서 쏟아지는 압박감은 전혀 풀어지지 않았다. 어른을 놀리는 건 그만하라고, 그 눈이 강렬하게 뜻을 전하고 있었다.

역시 그리 간단히 믿어주지는 않을 것 같았다.

그렇지만 무엇 하나 거짓이 없는 진짜 일어난 일이라 더 답답했다.

뭐라고 설명하면 좋을까. 아니, 그보다 설명이 가당키나 하나, 하고 유우코는 어쩌면 좋을지 몰라 미간에 손을 대었다가 그 단단하고 차가운 감촉에 깜짝 놀랐다.

"아, 이것 좀 봐주시겠어요?"

유우토는 얼른 이마에 두른 띠를 풀어 미요에게 내밀었다. 그건 백색 조명의 빛을 받아 금빛으로 찬란하게 빛났다.

"어머나, 예쁘구나. 정말로 잘 만들어진……."

"이거 순금이에요."

"순금?!"

미요의 눈빛이 변했다.

역시 여성이라서 그런지 그런 장식품에는 다른 사람들처럼 관심이 많은가 보다.

"확인해 보셔도 괜찮아요."

"그, 그렇게 말해도 내가 감정사도 아니니 진짜인지 가짜인지 내가 어떻게 구분하겠니."

"전당포든 어디든 가지고 가셔서 감정해 보세요."

"……정말로 순금, 이니?"

유우토의 당당한 어조에 거짓이 아님을 느꼈는지 미요가 침을 꼴깍 삼켰다. 어쩐지 이마 띠를 만지는 손길도 조심스러워 보였다.

이 머리띠는 스마트폰보다 훨씬 무겁고, 대략 300그램 전후의 무게이다. 순금이라면 보통 소재만으로도 백만 정도의 가격은 나올 터이다.

게다가 일국의 종주가 착용하는 장식품이다. 표면에 새

겨진 세공도 상당히 치밀하고 훌륭해서, 이것과 같은 것을 현대 일본에서 구입하려고 한다면 최소 수 백만 단위는 호가할 것이다.

시모야 가는 아주 평범한 중류 가정이어서 그런 고가품에 혹시 흠집이라도 날까봐 전전긍긍하는 것도 무리는 아니었다.

유우토는 연달아 말을 이었다.

"중학교도 제대로 졸업 못 한 가출 소년이 어디서 일자리를 구할 수 있겠어요. 겨우 3년쯤 생활하면서 이런 물건을 얻을 수 있을 것 같습니까?"

"……생활만으로도 벅차서 그럴 여유는 없었겠지. 안 그래도 이런 불경기에."

하아, 탄식하는 미요.

아직 전부 믿는 건 아니겠지만, 무작정 부정하는 정도까지는 아니게 되었다.

일단 제1관문 돌파에는 성공했다.

"그래서 그 세계에서 이제까지 뭘 하고 지냈니?"

"어, 그게 왕이 하는 그런 일들을……."

유우토는 대답하다가 아차 하고 표정을 흐렸다.

이렇게 간신히 상대가 자신의 말을 들어줄 의향이 생겼는데 또 이런 비현실적인 얘기를 해서는 노력이 허사가 될 판국이었다.

하다못해 21세기 일본의 지식을 사용하여 일확천금을

벌어들였다고 말하는 편이 훨씬 현실미가 있을 것 같았다. 하지만 그건 거짓말이었다.

"음~, 너무나도 황당무계해서 사실 믿기 참 힘든데⋯⋯."

"⋯⋯그러시겠죠."

"다만 난 어릴 때부터 유우토를 많이 봐왔고, 이런 말도 안 되는 거짓말을 할 정도로 머리가 나쁜 애는 아니란 말이지. 하려면 더 제대로 된 거짓말을 하겠지?"

"그러네요. 외국에 다녀왔다던가요."

"그렇지~."

하는 수 없다는 듯 미요는 뺨에 손을 대었다가 크게 한숨을 쉬었다.

거짓말이라고 치부하기에는 아까 그 이마 띠 같은 증거가 너무 세부적이었다. 그렇다고 해서 사실이라고 하기는 너무 현실미가 없었다.

실제로 반대 입장에서 생각해보면 어떻게 대응을 하면 좋을지 곤란한 것도 사실이었다.

"솔직히 전부 순순히 믿기는 어렵지만."

그렇게 말한 후, 미요는 쿡쿡 웃음 지었다. 험악했던 얼굴에는 어느새 다정하고 부드러운 빛이 감돌고 있었다.

"다시 보니 정말 멋지게 컸구나, 유우토. 아까 우리 그이가 화를 낼 때도 침착했고, 지금도 차분하게 잘 대답을 했잖니. 훌륭했단다. 이 3년 동안 굉장히 고생을 많이 했다는 걸 알겠구나. 애썼다."

"⋯⋯네."

미요의 격려에 유우토는 눈시울이 뜨거워지는 것을 참을 수 없었다.

모르는 세계에 혼자 내던져져서 죽을 기세로 싸워 살아남았다.

경애하는 선대와의 이별, 은인이었던 의형과의 결별, 그리고 한 씨족을 맡은 종주로서의 압박감 등등은 아직 10대 후반의 소년에게는 너무나도 가혹했다.

정말로 고통으로 가득 찬 나날들이었다.

말로는 다 표현할 수 없는 고통을 이해해주고 인정해주었다는 게 굉장히 기뻐서 마음이 따스해졌다.

딩동.

갑자기 울린 벨소리에 숙연해진 분위기가 싹 날아가고 말았다.

"어머, 오셨나 보네."

미요가 일어나 현관으로 타박타박 걸어갔다.

그 어조는 누가 온다는 걸 미리 알았다는 식이었다. 벽에 걸린 시계에 눈길을 주니, 시각은 이미 밤 9시가 넘은 후였다.

이런 시간에 도대체 누가 온 걸까, 하고 유우토는 의아하게 생각했다.

"밤늦게 실례하겠습니다."

멀리서 희미하게 들려온 목소리에 유우토는 전율과 함

께 눈을 휘둥그렇게 떴다.

귀에 익은 목소리였다.

3년 만이었지만 잘못 들을 리가 없다. 그것이야말로 10년 이상이나 매일처럼 들었던 음성이었으니까.

지금 그 목소리는 틀림없이——

"아버지……!"

유우토가 가장 증오하고 싫어했던 남자의 것이었다.

"연락 주셔서 감사합니다. 제 아들이 폐를 끼쳤군요. 나중에 다시 감사와 사과를 드리러 찾아뵙겠습니다."

현관 앞에 작업복을 입은 남자가 수건을 두른 머리를 숙이고 있었다.

스오 테츠히토—— 가게 이름은 스오 텟신(周防鉄心)이라고 한다.

아직 40대라는 젊은 나이에도 불구하고 명인으로 칭송받는 당대 최고의 도공(刀工)이며, 일본도가 무기가 아닌 미술품으로 다루어지는 현대에서 그저 한결같이 고지식하게 기능미만 추구하는 그의 작풍은 호사가들 사이에서도 매우 평판이 좋다.

그리고 얼굴은 그리 닮지 않았지만, 틀림없이 유우토와 피가 이어진 친아버지이기도 하다.

"어머, 그렇게 마음 쓰지 않으셔도 괜찮아요. 어릴 때는 자주 저희 집에 와서 자고 가서 그랬잖아요. 뭐, 무슨 일이 생기게 되면 책임만 제대로…….”

“당신?!”

“엄마?!”

“……정말 여전하시군요, 미요 씨.”

당황하는 다른 이들을 보고 방글방글 웃는 미요에게 머리를 숙인 남자가 쓴웃음을 지었다.

홀쭉한 뺨을 다박나룻이 덮고 있었다. 작업복도 구깃구깃했고, 머릿수건에서 흘러나온 머리칼도 버석버석하며 떡이 졌다. 전체적으로 한심하고 별 볼일 없는 인상이었다.

유우토의 기억 속에서 이 남자는 좀 더 의연하지 않았던가……?

미요도 같은 생각을 한 모양이었다. 미간을 좁히며 말했다.

“유우토 아버님은 좀 많이 변하셨네요. 좀 마르신 것 같은데. 밥은 잘 챙겨 드세요?”

“알아서 잘하고 있습니다. 밤도 늦었으니 이만 실례하겠습니다. 가자, 유우토.”

애매한 웃음을 지은 후, 테츠히토는 유우토를 흘끗 보더니 턱짓을 했다. 그리고 발길을 돌려 저벅저벅 걸어 나가기 시작했다.

이쪽의 대답은 듣지도 않고 그냥 가버리다니 참 이기적인 사람이라며, 유우토는 속으로 언짢아했다.

원래 유우토는 이런 일로 짜증을 낼 정도로 속이 좁지는 않다. 오히려 웃으며 그냥 넘어갈 줄 아는 관대한 성격인데도, 어째서인지 항상 아버지한테만큼은 형언할 수 없는 반감만 앞섰다.

그러나 이 이상 미츠키의 집에 실례하고 있을 수는 없는 노릇이었다. 그리고 달리 갈 곳이 있는 것도 아니었다.

"……칫."

혀를 한 번 찬 후, 유우토는 마지못해 아버지의 뒤를 따랐다.

고집을 부려 그냥 노숙이나 할까 궁리도 해보았지만, 계속 그러는 것도 현실적이라고 할 수는 없었다.

3년 가까이 행방불명이었다. 게다가 좁은 마을이다. 여기서 괜히 사람들의 주목을 받아 괜한 입방아에 오르내리지 않게 하는 게 제일이리라.

그렇게 머리로는 이해하고 있었지만, 자꾸만 감정이 따라가지를 못해 속이 부글거리는 것도 사실이었다.

잠시 두 사람은 묵묵히 귀로에 올랐지만, 먼저 그 침묵을 견디지 못한 건 유우토 쪽이었다.

"아무것도 묻지 않는 거야?"

어느 정도 갔을 즈음, 보름달 빛에 어렴풋이 드러난 뒷모습에 대고 퉁명스럽게 물었다.

그 물음에 아버지는 이제야 발을 멈추고, 휙 뒤를 돌아보았다.

오래간만에 얼굴을 마주한 아버지는 다소 마르긴 했지만, 입매를 비틀며 도통 무슨 생각을 하는지 알 수 없는 무뚝뚝한 얼굴은 유우토의 기억 속 표정과 똑같이 겹쳤다.

아버지는 유우토를 가만히 바라보았다.

"흠, 잘 지냈냐?"

"그걸 말이라고 하는 거야?"

유우토는 기가 막힌다는 듯 말을 내뱉었다.

건강한 몸이라는 건 척 보면 알 수 있다.

아무리 그래도 3년 동안이나 행방을 감추었던 아들이 마침내 돌아왔다.

그 동안 어디에 있었는지 따져 묻거나, 질책과 함께 한대 때리거나, 혹은 눈물을 글썽이며 자식을 끌어안는 것이 일반적인 부모의 행동이 아닐까.

적어도 이렇게 담담하게만 넘어갈 일은 아니었다.

"하긴 이제 와서 부모다운 행동을 해도 역겁기만 할 텐데 뭐."

유우토는 그렇게 말하며 경멸이라도 하는 것처럼 콧방귀를 뀌었다.

유우토의 어머니——즉, 자기 아내의 임종에도 칼 만드는 작업을 더 우선시하느라 찾아오지도 않았던 남자다. 어차피 처음부터 그런 남자한테 인간적인 감정을 기대하지도 않았다.

그런 기대는 하지도 않았지만——

"……그러냐."

"~~윳!"

바로 물러서는 아버지를 보고 유우토는 어금니를 꽉 깨물었다.

이 아버지야말로 유우토가 제일 싫어하고 미워하는 남자였다.

그런 아버지가 자신에게 무관심한들 이제 와서 뭘 그렇게 신경을 쓴담? 오히려 성가시게 굴지 않아서 속이 다 시원할 정도가 아닌가.

그런데도 어째서인지 유우토의 가슴 속은 자꾸만 짜증으로 들끓어 올랐다.

"완전히 폐가가 다 됐네."

어처구니가 없다는 듯 중얼거리며, 유우토는 3년 만에 돌아온 자신의 집을 올려다보았다.

기와지붕을 얹은 이층집으로, 시골에 가면 흔히 볼 수 있는 전형적인 일본식 가옥이었다. 다만 기억하던 집의 모습과는 조금 달랐다.

어머니가 취미로 가꾸던 텃밭에는 잡초가 무성히 돋아났고, 정원에 있던 빨래 건조대는 완전히 녹이 슬어서 고물이 다 되었다. 현관의 우편함에는 우편물이 한가득 끼어있어 당장이라도 흘러넘치기 일보 직전이었다.

그래도 옛 모습은 그대로 남아 있었다.

"돌아왔구나."

어머니가 돌아가신 후부터 이 집이 너무 싫었다.

하루라도 빨리 집을 나가고 싶었다.

그토록 미워하는 남자한테 매달리지 않으면 안 되는 자신의 무력함에 항상 화가 났다.

그런데도 자꾸만 그리움이 샘솟아 올랐다. 이 집에서 살며 쌓아 올렸던 추억들이 뇌리에 연이어 떠오르며 눈시울을 뜨겁게 만들었다.

아무리 낡아빠진 곳이어도, 여기야말로 유우토가 태어나 자란 집이었다.

"네 방은 그대로 두었다. 좋을 대로 써라."

문에 열쇠를 꽂아 돌리면서 아버지가 무뚝뚝하게 말했다.

잘 왔다고 하면 어디가 덧나나, 하고 또 짜증이 치솟았지만 문이 열린 순간, 그 감정은 단번에 날아갔다.

집 안에서 코를 싸쥐게 만들 정도의 악취가 풍겨왔던 것이다.

찌든 담배 냄새라고나 할까. 기억 속에 남아 있던 아버지의 차 안 냄새와 비슷했다. 그리고 거기에 땀과 술 냄새까지 뒤섞여 있는 듯했다.

한 마디로 아주 **홀아비 냄새**가 진동을 했다.

"왜 그러냐."

현관 앞에 멈춰 서서 좀처럼 안으로 들어가려고 하지 않는 유우토에게 아버지가 이상하다는 듯 물었다.

"왜 그러냐니. 이게 무슨 냄새야."

"냄새?"

아버지는 코를 킁킁거렸지만 아무 감각도 없는 모양이다. 원래 생활 속에 밴 냄새는 본인은 잘 모르는 법이다.

"어휴……."

어머니가 있었을 때는 은은한 꽃향기까지 났는데, 지금은 이런 꼴이라니 하도 한심해서 유우토는 한숨을 쉬지 않을 수가 없었다.

이 남자는 도대체 추억이 가득한 우리 집을 얼마나 망치려고 이러는 건지!

"됐어."

대답하는 것도 싫증이 나서 유우토는 일방적으로 대화를 끊어버렸다.

오늘을 아침부터 밤까지 험난한 전투의 지휘로 신경을 갉아 먹은 데다, 이제 다 끝났다 싶었는데 갑자기 21세기로 돌아와 미츠키와 재회, 그 가족들의 질문 공세, 그리고 아버지와의 재회까지 겪었다.

너무 여러 가지 일들이 연이어 일어나는 바람에 솔직히 너무 피곤해서 만사가 다 귀찮았다. 고향 집을 보고 팽팽했던 긴장의 끈이 풀어졌던 것도 한몫했으리라.

"잘게. 무슨 할 얘기가 있으면 내일 해."

머리를 벅벅 긁으며 유우토는 집 안으로 들어섰다.

여전히 악취는 불쾌했지만, 견딜 수 없을 정도는 아니었다. 잠시 있으면 코가 익숙해져서 아무것도 느끼지 못할 것이다.

그건 그것대로 싫지만, 아무튼 지금은 누워서 좀 쉬고 싶었다.

"그래. 그럼 푹 쉬어라."

"알았어."

웬일로 아버지가 격려의 말을 하는가 싶어 살짝 위화감을 느끼면서도 유우토는 건성으로 대답을 한 후, 자기 방인 2층으로 올라갔다——.

계단 위로 뽀얗게 쌓인 먼지에 넌더리가 났다.

아버지의 방은 1층에 있어서 아무도 2층에 올라올 일이 없었기 때문인가 보다.

"하다못해 연말에는 청소 좀 하고 그러지."

아무리 봐도 몇 개월 만에는 이렇게 될 리가 없다. 척 봐도 몇 년이나 방치한 모양새였다.

칠칠치 못한 생활에도 정도가 있다.

기억 속의 아버지는 참으로 엄격하고, 누구도 감히 흉내내지 못할 정도의 일본도를 만들 수 있는 굉장한 남자였다.

그래서 어릴 때 유우토는 아버지를 동경하여, 마찬가지로 일본도를 만드는 장인이 되겠다고 결심했었다.

"그런데 이런 찌질한 인간이었다니……."

유우토의 어머니가 없으면 청소 하나 제대로 못 하는 쓸

모없는 사람이라는 뜻이었다.

참 꼴좋다 싶었다.

하지만 그 근엄한 아버지가 걸레나 청소기를 들고 청소하는 모습도 어쩐지 영 마음에 들지 않았다.

그런 걸 원치 않는다는 감정이 명확하게 유우토 가슴 속에 자리하고 있었다.

"칫, 정말 뭐냐고."

유우토는 혀를 차고 투덜거리면서, 쿵쾅쿵쾅 시끄럽게 계단을 밟고 올라갔다.

자기 마음을 도통 이해할 수가 없었다.

모른다는 사실에 괜히 더 짜증이 솟구쳤다.

그래서 유우토는 마음에 뚜껑을 덮어두기로 했다.

정말로 지쳤다.

지금은 아무 생각도 하기 싫었다.

"얼른 잠이나 자자!"

방문을 열자마자 유우토는 침대 위로 풀썩 쓰러졌다.

◆

"아, 아버님이 천상의 나라로 돌아가셨다고?! 그게 무슨 소리지?!"

콰앙, 하고 책상을 내리치며 지크루네가 거칠게 언성을 높였다.

긴 은발을 난잡하게 묶은 미소녀였다.

평소에는 그다지 겉으로 감정을 드러내지 않아 『얼음 꽃』이라며 칭송을 받는 그녀였지만, 지금 그 얼굴은 심한 초조함과 당혹감으로 물들어 있었다.

이곳은 위그드라실, 《늑대》영토의 서쪽에 자리한 가시 나 요새 근처에 포진한 《늑대》군의 본진이었다.

천막이 쳐진, 반경 20에레(약 10미터) 정도의 공간에는 현재 종군 중인 《늑대》의 주요 장수들이 집결한 상태였다.

오늘은 《천둥》과 《표범》의 연합군에 맞서, 이제껏 한 번도 겪어본 적 없는 치열한 격전을 치른 날이어서 횃불에 비친 면면들은 모두 피로의 색이 짙었다.

"쉿, 목소리가 커, 루네. 바깥의 병사들이 들으면 어쩌려 고 그러는 거니."

"윽."

펠리시아의 질책에 지크루네는 통한으로 가득 찬 표정 과 함께 입을 꾹 다물었다.

총대장의 부재가 알려지면, 병사들은 혼란에 빠질 수밖 에 없다. 그게 현재 상황에 있어 얼마나 위험한 일인지 모르는 지크루네도 아니었다.

"미안하다. 하지만 그냥 흘려들을 수 없는 말이었으니까."

목소리를 낮추며, 매우 심각한 표정으로 지크루네가 신음했다.

평소의 그녀라면, 이런 초보적인 실수는 할 리가 없다.

그만큼 펠리시아가 전한 소식은 지크루네에게 있어 천지를 뒤집어놓을 정도의 일이었기 때문이다.

"지크루네의 말이 맞습니다. 펠리시아 숙모님. 제대로 설명을 해주십시오."

나이는 40대 정도일까, 갈색 머리에 흰 머리가 듬성듬성 섞인 남자가 인상을 쓰며 말했다.

그의 이름을 올로프. 《늑대》의 서열 4위에 있는 남자다.

『최강의 은 늑대』 지크루네나 『조소하는 학살자』 스카피드처럼 화려한 활약은 하지 않았지만, 선대 종주 시절부터 맡은 임무를 충실히 하여 착실하게 지위를 쌓은 꾸준한 성정의 장수다.

정치 수완도 뛰어나서 지금은 《늑대》의 식량고가 된 도시, 김레의 지사라는 중책을 맡고 있다는 점에서 그의 능력을 엿볼 수 있다.

그야말로 정치적, 군사적인 면 모두에서 《늑대》의 중진이라고 할 만했다.

이 자리에 모인 장수들도 심정은 올로프와 마찬가지인 모양이었다. 불안과 동요가 뒤섞인 표정으로 펠리시아를 바라보는 중이었다.

"알아요."

펠리시아도 굳은 표정으로 한 번 고개를 끄덕였다.

그 진지한 표정에 장수들도 농담이 아니라는 것을 감지한 듯했다.

"오라버니는 3년 전에 제가 시행한 비법 《글레이프니르》로 이 위그드라실로 강림하셨다는 건 여러분도 다 알고 있을 겁니다."

"음."

펠리시아의 말에 장수들이 무겁게 수긍했다.

바로 그날부터 《늑대》의 융성이 시작되었던 것이다.

그 당시의 《늑대》는 멸망 직전인 약소 씨족이었지만, 겨우 3년 만에 이 위그드라실에서도 제일가는 대국으로 급성장시킨 인물이 바로 유우토라는 것만큼은 이 자리의 모두가 인정하는 바였다.

그렇기 때문에 이들의 표정은 매우 심각했다.

《늑대》에게 있어 유우토는 이제 없어서는 안 될 존재이자, 동시에 현재 《늑대》의 번영을 상징하는, 모두의 정신적 지주이기도 했다.

그런데 그런 존재가 아무 예고도 없이 이렇게 갑자기 사라지다니 있어서는 안 될 일이었다.

"《글레이프니르》는 이질적인 것을 묶어 붙잡아두는 비법입니다. 이를 통해 천상의 사람—— 다시 말해, 이질적인 존재이신 오라버님을 이쪽 세계에 묶어 둘 수 있었죠. 그런데 이 비법이 풀린 겁니다. 『미드가르드의 마녀』 시권에 의해서요."

"시권…… 이라고……."

올로프의 입에서 경악에 찬 목소리가 흘러나왔다.

그 별명이 가리키는 대로 시권은 위그드라실에서도 손 꼽히는 세이드 술사이다. 그리고 현재 교전 중인 《표범》의 선대 종주이자, 현 종주인 흐베드룽그의 아내이기도 하다.

"그러니까 적의 술수에 의해 아버님은 강제로 천상의 나라로 돌아가시게 되었다…… 이 말이군. 큰일이군. 이건 보통 사태가 아니야."

올로프가 미간을 찌푸리며, 벌레라도 씹은 표정으로 말을 내뱉었다.

이 자리에 있는 이들은 모두 역전의 용사들뿐이다. 올로프가 한 말의 뜻을 모르는 자는 한 명도 없었다.

안 그래도 전쟁이 한창 벌어지는 와중에 총대장인 유우토가 사라졌다는 엄청난 긴급 사태가 발생한 판국이다.

게다가 그 **최고 극비 사항에 부쳐야 할 사안이 이미 적에게 알려져 있다니**, 그야말로 최악이라고 밖에 할 수 없는 상황이었다.

펠리시아는 무겁게 고개를 끄덕이며 천천히 입을 열었다.

"네, 오라버님의 갑작스러운 귀환에 여러분의 혼란스러운 심정은 이해하지만, 지금 우리 《늑대》는 큰 위기에 처해 있습니다. 아마 적은 내일이라도 당장 이 절호의 기회를 놓치지 않으려고 무섭게 쳐들어오겠지요."

"""…………."""

꿀꺽 침을 삼키는 소리가 이곳저곳에서 들렸다.

자연히 모두의 시선이 한 점에 쏠렸다.

펠리시아의 오른쪽 옆에 있는 상좌로.

그러나 그 어떤 위기에 처해도 그들을 이끌고, 항상 《늑대》에게 승리와 영광을 안겨준 영웅적 소년의 모습은 지금 그곳에 없었다.

올로프가 팔짱을 끼고 잠시 생각하다가, 확인이라도 받으려는 듯 물었다.

"펠리시아 숙모님, 귀향하신 아버님을 다시 모셔올 방법은 없습니까?"

"오오, 그렇지!"

"한 번은 이곳으로 불러냈으니, 또 못할 일은 없겠지."

"숙모님! 어떻습니까?!"

바로 장수들 사이에 활기가 돌면서 펠리시아에게 기대로 가득 찬 시선을 보냈지만, 그녀는 조용히 고개를 좌우로 가로저었다.

"무리예요. 여기는 신경이 없으니까요."

"그게 필요하단 말입니까. 하긴 천상의 나라와의 연락도 그 거울 근처가 아니면 할 수 없다고 하셨지요. 으음~, 그렇다면 저희들끼리 이 긴급 상황을 해결하는 수밖에 없군요……."

복잡한 표정으로 올로프가 끙끙거렸다.

여기서 이아른비드까지 말을 달려도 사흘은 걸린다. 왕복하는 시간을 고려하면 도저히 제때 돌아올 수가 없다.

무적무패의 군신으로 유명세를 떨치는 유우토의 모습이

보이지 않는다면, 점차 병사들도 불안감을 느끼게 되리라. 그렇게 되면 군의 사기는 흔들린다.

그뿐만 아니라 적도 이 기회를 노려 마구 파고들 것이 분명하다.

지금 《늑대》군은 도저히 제대로 맞서 싸울 상황이 아니었다.

올로프는 후우~~~, 하고 기나긴 탄식을 쏟아낸 후, 장수들을 둘러보며 무겁게 입을 열었다.

"내 생각에는 일단 여기서는 후퇴 준비를 하는 것이 중요하다고 본다만."

올로프의 이 판단은 이 상황에서 제일 타당한 것이었다.

그러나——

"큰일 났어, 큰일이라고!"

다급한 외침과 함께 한 어린 소녀가 **공중**에서 툭 떨어져 내려왔다.

뜻하지 않은 방향에서 나타나는 바람에 그 자리의 장수들은 눈을 휘둥그렇게 떴다. 마치 원숭이처럼 나뭇가지들을 밟고 옮겨 다니면서 여기까지 온 모양이었다. 자유분방한 야생아다운 신체능력이었다.

"알베르티나! 도대체 어디서 들어오는 거냐?! 첩자인 줄 알고 순간 베어버릴 뻔했다."

"이러고 있을 때가 아니야, 루네 언니! 표, 《표범》이, 《표범》이 움직이기 시작했어! 엄청난 기세를 타고 이쪽으로 몰려오고 있다고!"

"뭐라고?!"

《늑대》본진에 전율이 흘렀다.

어둠을 찢으며 기마군단이 들판을 달리고 있었다.

금발을 휘날리며 선두를 달리는 이는 《표범》의 종주, 흐베드룽그였다. 항상 그 얼굴의 위쪽 절반에 먹색 가면을 쓰고 있어서 인근 국가에서는 가면왕이라는 별명으로 알려져 모두의 두려움을 사는 남자였다.

"단번에 쳐들어가라! 서둘러라! 아주 작은 차이가 승패를 가르는 법이다!"

말을 달리면서 흐베드룽그는 뒤에 있던 양자들에게 호령했다.

미드가르드 제일의 세이드 술사인 아내, 시귄으로부터 《늑대》의 종주를 원래 있던 세계로 쫓아버렸다는 소식을 들었을 때는 매우 놀라기도 했고, 자신의 의견도 구하지 않고 제멋대로 행동한 아내에게 분노마저 느꼈다.

이게 만약 《천둥》의 호심왕, 스테인토르였다면 전투에 훼방을 놓은 죄로 시귄을 주살하고, 싸울 의욕도 잃었을 게 분명하다. 하지만 흐베드룽그는 그보다 훨씬 합리적이면서 현실적인 남자였다.

낮에 벌인 전투는 그에게 있어 완벽한 승리를 예견하고

임한 필승의 싸움이었다. 그런데도 군세는 밀리고 말았다.

이제 이쪽의 계략은 다 들켰고, 이대로 싸워봤자 승산은 낮다고 내심 어쩌면 좋을지 몰라 곤란하던 참이었다.

그런데 이 천재일우의 기회가 넝쿨째 굴러왔다.

총대장인 유우토가 사라진 것이다. 이 정보만으로 지금 바로 《늑대》군이 혼란의 도가니 속에 빠져 있다는 건 삼척동자도 알 수 있는 일이었다.

개인적 감정은 둘째 치고, 장수로서 이 기회를 그냥 놓칠 수는 없었다.

그러면 쇠는 뜨거울 때 쳐야 제맛이다.

적에게 대책을 세울 시간을 주면 안 된다. 공격하려면 빠를수록 좋다.

다행히도 아니, 필연적이라고 해야 할까. 오늘 밤은 보름달이 떴다.

매일 지평선을 바라보던 초원의 민족은 정착해서 사는 민족들보다 훨씬 시력이 좋을 뿐만 아니라, 말도 야행성 동물은 아니지만 밤눈이 밝은 편이었다.

이 정도의 어스름 정도라면 횃불을 들지 않아도 이동할 수 있다. 그야말로 기습에는 안성맞춤인 상황이었다.

"크크크, 《늑대》놈들, 아주 속 편하게 쉬고 있군."

흐베드룽그는 솟아오르는 흰 연기를 올려다보며 한껏 비웃음을 흘렸다.

따뜻하게 불을 쬐고 있는지, 식사를 하고 있는지. 어쨌

든 낮의 격전을 버텨낸 기쁨을 만끽하고 있는 모양이다.

"음?"

목적지가 가까워질수록 발소리나 지시를 내리는 고함 등등 서둘러 움직이는 사람들의 기척이 느껴졌다.

흐베드룽그는 저도 모르게 혀를 찼다.

"칫, 기습을 알아차렸나? 허나…… 이미 늦었다!"

흐베드룽그는 흘끔 뒤를 돌아보았다.

모두가 이미 애마에 걸터앉아 무기를 손에 쥔 채였다.

게다가 그 얼굴들은 전투에 임하는 각오로 단단히 굳어져서, 유목「민」이 아니라 든든한 초원의 「전사」의 모습으로 변한 후였다.

회심의 미소를 지으며 입매를 끌어올린 흐베드룽그가 손을 치켜들었다.

"가자! 지금까지 받았던 수모를 싹 다 갚아줘라!"

"적이 쳐들어왔습니다! 기습입니다! 《표범》의 야습입니다!"

"칫, 너무 빠르군!"

병사의 보고에 올로프는 비명처럼 소리를 내질렀다.

알베르티나가 이 소식을 알린 지 아직 몇 분도 채 되지 않았다. 곧바로 전군 기습에 대비하라고 전령을 보냈지만, 이래서는 전혀 준비 태세를 갖출 시간이 없다.

"그것참 신출귀몰한 놈들이군……!"

올로프가 밉살스럽다는 듯 말을 내뱉었다.

돌이켜보면 《표범》은 『나스트론드 전투』에서 어디서 구해왔는지 만 명이나 되는 대군을 동원했고, 철벽으로 만든 『짐수레 요새』의 안쪽까지 침입을 하기도 했다.

낮의 싸움에서도 《표범》의 출현과 참전은 전혀 예상 밖의 일이었다.

올로프가 보기에는 《천둥》의 종주, 스테인토르의 『일기당천』보다도 이쪽이 더 성가시기 짝이 없었다.

스테인토르의 무력은 어마어마한 위력을 자랑하지만, 그래도 기본적으로는 정면에서 당당히 들이치기 때문에 준비할 틈이라도 있다.

올로프한테는 도저히 어떻게 손을 쓸 수도 없지만, 적어도 유우토는 완전히 스테인토르를 농락할 수 있었다.

그에 비해 《표범》의 종주, 흐베드룽그의 『신출귀몰』은 말 그대로 어디서 튀어나올지 모르니, 자연히 대응이 느려질 수밖에 없었다.

이번 전투를 포함해, 이제까지 《늑대》를 위기로 몰아넣은 이는 언제나 호심왕 스테인토르가 아니라 가면왕 흐베드룽그였다.

"일단 내가 응전을 해서 시간을 벌지. 올로프 오라버니! 당신이 이곳에서 제일 연장자이니, 전군의 지휘를 맡아주십시오!"

이제 일각의 여유도 없다고 본 지크루네는 날카롭게 외치며, 막사를 뛰쳐나갔다.

역시 《늑대》 최강의 정예부대 『친위기단』의 수장이었다. 이 긴급한 상황에서도 신속하고 정확한 판단을 내렸다.

든든한 마음으로 그녀를 보낸 후, 올로프는 장수들을 돌아보았다.

"모두 저 의견에 동의하나?"

"올로프 님이라면 적임이지요."

"으음~, 어쩔 수 없군요."

"『최강의 은 늑대』가 직접 추천까지 하니."

다짐이라도 하는 것처럼 올로프의 물음에 장수들도 고개를 끄덕였다.

그중에는 진심으로 납득하지 못하는 장수도 적지 않았지만, 지금 여기서 말싸움을 해봤자 적군에게 득이 될 뿐이라는 것쯤은 전쟁에 처음으로 출전하는 자라도 쉽게 알 수 있는 일이었다.

"좋다! 그럼 전군에게 전달하라! 조급해하지 말고 응전하라고! 형제들도 양자들에게 서둘러 돌아가 병사들의 혼란을 진정시켜 주게. 어떻게든 버텨내서 틈을 보아 이 앞에 있는 산골짜기 길목으로 후퇴. 거기에서 수레로 요새를 쌓아 본격적으로 맞서 싸운다!"

올로프가 재빨리 지시를 내렸다.

산골짜기의 좁은 길목이라면 진입로는 한정되어 있다.

거기를 수레로 막아버리면 이제까지의 경험적으로 봤을 때, 기병 중심으로 이루어진 《표범》은 이쪽에 손을 댈 수 없게 된다.

그래도 공격을 가한다면 쇠뇌를 잔뜩 쏘아 공격하면 될 것이라는 계산이었다.

이 절박한 상황에서 급히 마련한 작전치고는 적잖이 훌륭한 부류에 들어간다고 봐도 좋으리라.

그런 면만 봐도 역시 《늑대》에는 이 인물이 있다고 칭송받을만한 명장이었다.

"아버님이 돌아가셨다고는 하지만, 《늑대》에는 아버님이 남겨주신 것이 많다. 그렇게 쉽게 무너질 것이라고 생각하지 마라!"

주먹을 꽉 쥐고 외치며, 올로프는 저 멀리 시선 끝에 있는 《표범》을 날카롭게 노려보았다.

"후읏!"

기합과 함께 흐베드룽그는 팽팽히 당긴 활시위에서 손을 떼었다.

두 발의 화살이 날아가면서 각각 다른 궤적을 그리더니 빨려드는 것처럼 《늑대》 병사의 목과 가슴을 꿰뚫었다.

낮에 벌인 전투에서 전사한 《표범》의 용맹한 장수, 발리의 특기였다.

흐베드룽그가 가진 룬, 《천환의 도화사》는 그 어떤 기술도 훔쳐 따라할 수 있다.

그건 전투 기술이든, 물건 제작 기술이든, 심지어 **비법**이라고 해도 모두 가능했다.

"~~재앙의 혼돈을 초래하는······, 《핌불베르트》!"

흐베드룽그가 주력을 구성하여 『힘이 깃든 말』을 외쳤다.

순간 그의 뒤를 따르던 《표범》의 기병들의 몸을 은은한 빛이 감싸더니, 곧바로 그들의 형상이 사납게 변했다.

《핌불베르트》.

모든 제약을 끊어내는 능력으로, 『미드가르드의 마녀』 시퀸이 유우토를 천상의 나라로 쫓아내 버린 비법이었다.

이번에는 그들의 몸을 묶는 공포심과, 야수성을 제어하는 이성의 끈을 풀어버렸다. 원래 시퀸은 이런 비법을 잘 사용했기에 그는 이를 따라 이용해보았을 뿐이었다.

물론 원래 그 기술을 터득한 자만큼은 아니지만 그래도 효과는 충분했다.

"우오오오오!"

"죽이자, 죽이자, 죽이자!"

"친구의 복수다!"

광전사로 변한 기병들이 《늑대》 진영으로 눈사태처럼 짓쳐 들어갔다.

갑작스러운 야간 기습에 허둥거리는 《늑대》군에게 있어 이 질풍노도와 같은 돌격은 더욱 심한 혼란을 가중시켰다.

"으아악!"

"히이익!"

"사, 살려줘!"

《늑대》의 병사들은 순식간에 공황 상태에 빠져, 곳곳에서 비명이나 비굴하게 목숨을 구걸하는 소리가 울려 퍼졌다.

이제는 제대로 대항할 수 있는 상황도 아니었다.

그리고 이성을 잃고 날뛰는 《표범》의 광전사들은 도망치기 바쁜 《늑대》의 병사들을 신이 나서 유린했다.

이대로 일방적인 전개로 흘러갈 줄 알았다.

"이 이상의 행패는 용서치 않겠다!"

"크어억!"

"캬악!"

달빛에 날카롭게 두 개의 은빛 빛줄기가 번뜩이더니, 동시에 단말마의 외침과 함께 《표범》의 두 기마병이 말에서 힘없이 무너졌다.

"오오, 지크루네 님이다!"

"지크루네 님이 오셨다! 친위기단도 같이 왔다고."

"사, 살았다!"

전쟁터에 나타난 은발의 소녀를 보자마자 바로 《늑대》의 병사들은 환성을 질렀다.

당장이라도 똑 부러질 것 같은 가녀린 외모지만, 이 소녀는 《늑대》군에서 제일가는 전공을 세우고, 지금은 병사들 사이에서는 살아있는 전설이었다.

그녀 역시 『승리의 아들』인 스오 유우토를 수호하기 위해 천상에서 내려온 것이라며, 일부 병사들 사이에서는 이런 설을 쑥덕거릴 정도로 그 **신앙**은 두터웠다.

"칫, 아주 인기가 대단하구나."

전의를 되찾은 《늑대》 병사들을 마주한 채, 흐베드룽그는 흥이 깨졌다는 식으로 혀를 찼다.

그가 아직 《늑대》의 부종주였을 때, 아름답긴 해도 무뚝뚝하기만 하고 가차 없는 성격의 지크루네는 다들 그녀를 두려워하는 일은 있어도 호감과 환영을 받는 존재는 아니었다.

기억하는 한, 그녀와 사이가 좋았던 건 그의 동생 펠리시아 정도였다.

그런 그녀가 동경심으로 가득 찬 눈빛을 한 몸에 받고 있었다.

사람이 한 번 변하면 크게 변하는 법인가 보다.

"놓친 물고기가 더 크다고 하더니……."

당시부터 웃는 얼굴 아래에서는 내심 그녀를 잘 써먹을 만한 **장기 말**이라고 점찍어 두었는데, 이렇게 예상을 훨씬 뛰어넘을 정도로 성장을 할 줄은 몰랐다.

당장이라도 산하에 두고 싶지만, 당대 『최강의 은 늑대』의 드높은 충성심은 위그드라실 서방 일대를 뒤흔들 정도로 유명했다. 절대로 흔들릴 것 같지가 않았다.

"그 가면! 낯이 익다 했는데, 역시 네가 《표범》의 종주,

흐베드룽그로군! 오늘은 그 목을 받아가겠다!"

은발의 암늑대가 무서운 기세로 이쪽으로 달려왔다.

이 혼전 속에서도 재빠르게 총대장인 흐베드룽그의 모습을 포착하다니 역시 대단했다.

예전부터 그녀는 **이런 종류의 후각**이 매우 예민했다. 그녀의 전공이 《늑대》에서 제일 뛰어난 것도 이와 무관계하지는 않으리라.

"참 아깝군. 정성을 들여서 키워놨더니 이 손으로 직접 베어내지 않으면 안 된다니!"

흐베드룽그는 활을 내던지고 창을 거머쥐면서 지크루네의 공격을 받아칠 태세를 취했다.

유우토가 없어진 지금, 그녀야말로 《늑대》 최대의 정신적 지주임은 명백했다.

바꾸어 말하자면, 그녀를 여기서 제압했을 때 《늑대》 병사들의 마음에 괴멸적인 충격을 가할 수 있다는 뜻이었다.

"하얏!"

"흐읏!"

날카로운 포효와 함께 두 개의 창이 맞부딪쳤다.

서로 혼신의 힘을 담은 첫 공격———.

힘으로 진 쪽은 흐베드룽그였다.

"읏!"

힘으로 이겨낸 것을 기회로 여겼는지, 지크루네가 연이은 공격을 퍼부었다.

"훗."

흐베드룽그는 조금도 초조해하지 않고, 고개만 슬쩍 가누는 동작으로 공격을 가볍게 피했다. 그리고 날아오는 반격.

간신히 막아낸 지크루네였지만, 흐베드룽그는 여유를 주지 않고 여세를 몰아 두세 번 더 공격을 더했다.

"큭! 핫! 크읏!"

바로 방어에만 전념하게 된 지크루네.

물론 그녀도 《늑대》의 최강, 당대 『최강의 은 늑대』였다. 흐베드룽그의 맹공의 미세한 빈틈을 노려 흐베드룽그에게 반격을 가하려고 애를 쓰는 중이었다.

그러나 흐베드룽그는 항상 그 초반 움직임을 감지하고, 기선을 제압하여 상대방이 공세로 전환할 기회를 전혀 내어주지 않았다.

"내 움직임이…… 읽히고 있다고?!"

"후후후."

전율하는 지크루네에게 흐베드룽그는 여유로운 미소로 화답했다.

그녀가 어릴 때부터 펠리시아와 함께 몇 번이나 단련을 시켜주었다.

마지막 단련을 했을 때와 비교하여 훨씬 몸집도 커졌고, 공격은 무겁고 빨라졌으며 기술도 세련되었다. 그렇지만 특유의 버릇은 여전했다.

이 3년 내내 상당한 수련을 거쳤는지, 상대방이 눈치채지 못하게끔 버릇도 드러내지 않게 되긴 했지만, 그래도 완전히 지워지지는 않았다.

그리고 흐베드룽그한테는 그 아주 희미하게 남은 버릇만 가지고도 다음에 어떤 움직임이 나올지 예측하기에 충분했다.

그리고——

이 몇 합의 겨루기로 확신했다. 그녀는 명확히 제 기량을 발휘할 상태가 아니었다.

"왜 그러지? 움직임에 잡념이 가득하군. 그 잘난 『얼음꽃』도 경애하는 아버지가 없어지니 얼음도 녹아서 눈물이라도 되었나 보지?"

"이 자식이~!"

바로 격노하는 지크루네.

그 분노 때문인지 맞붙는 창에 가해지는 힘이 더 세졌다.

"겨우 그거냐!"

흐베드룽그는 창 손잡이로 지크루네의 힘만 잔뜩 들어간 공격을 막아내면서, 절묘한 힘 조절로 공격을 옆으로 **흘려보냈다.**

예상치 못한 방향으로 흘러가는 창에 이끌려, 지크루네의 자세가 무너지고 말았다.

그 틈을 놓치지 않고, 흐베드룽그는 비스듬하게 창을 내리쳤다.

"크윽."

간신히 막아낸 지크루네였지만, 그 표정은 경악으로 물들어 있었다.

흐베드룽그한테는 그 경악의 이유를 손에 잡히기라도 하는 듯 잘 알았다.

지금 그가 사용한 것은 『버드나무 기법』. 《늑대》의 선대 『최강의 은 늑대』 스카피드의 특기였다.

다른 씨족이 이 기술을 쓴다면 놀라는 것도 당연지사다.

"후훗, 그럼 이건 어떨까? ᴄɴᴍꞪꙍɴ."

전쟁터에 어울리지 않는 선율을 흥얼거리며 흐베드룽그는 창을 내찔렀다.

"윽!"

순간 지크루네의 눈이 휘둥그레졌다.

당연한 일이었다. 찰나의 순간으로 목숨이 오가는 전투 중에 갑자기 적의 창끝이 흔들려 몇 개로 보이게 되다니, 그야말로 엄청난 위협이었다.

그래도 역시 당대 『최강의 은 늑대』였다. 진짜로 날아오는 창끝을 용케 알아보고 튕겨냈다.

그러나 상당히 간담이 서늘해진 모양이었다.

"《환혹》의 갈드르를, 쓰다니……?!"

전율로 얼굴이 잔뜩 굳어진 지크루네가 목소리를 쥐어짜내며 외쳤다.

흐베드룽그는 유쾌한지 여유롭게 입매를 끌어올렸다.

"이런 것도 가능하지."

그렇게 말하고, 최상단의 위치에서 창을 비스듬히 내리치는 공격을 날리는 흐베드룽그.

　이 일격 자체만 보면 그저 단순한 사선 베기일 뿐이었다.

　"헉?!"

　지크루네의 표정에 세 번째의 경악의 빛이 떠올랐다.

　그녀 정도의 달인이면 지금의 일격만 보고 누구를 흉내냈는지 쉽게 알 수 있다. 그렇다. 바로 **지크루네 자신의** 창술을 똑같이 재현해냈던 것이다.

　이어서 《늑대》의 부종주 요르겐의 일격을, 이어서 지금은 죽어 없는 《발톱》의 문딜파리의 일격까지 선보였다.

　"크윽! 핫! 으윽!"

　흐베드룽그의 룬 《천환의 도화사》의 이름에 걸맞게 자유자재, 변화무쌍한 공격에 지크루네는 완전히 방어 태세로 돌아서고 말았다.

　날아오는 공격이 전부 다른 사람의 기술로 바뀌고 있으니, 상당히 대항하기가 힘들었다.

　"그 목소리, 게다가 이 지조 없는 공격은……. 너, 설마 롭트인가!"

　"흥, 그런 이름은 이미 옛날에 버렸다고!"

　외침과 동시에 내리친 창 손잡이가 마침내 지크루네의 오른손 손등을 내리쳤다.

　"크앗!"

　고통스러운 신음과 함께 지크루네가 창을 떨어뜨리고

말았다.

곧바로 지크루네는 허리에 찬 검에 손을 댔지만, 지금 일격으로 손이 저린지 검을 뽑아 들 수가 없었다.

"끝이다, 계집애!"

그 절호의 기회를 흐베드룽그가 그냥 보고 넘어갈 리가 없었다.

살기가 가득한 찌르기 공격을 가하는데——

휘이잉!

갑자기 흐베드룽그의 팔에 뭔가가 휘감기며 확 잡아당겼다.

창의 궤도가 크게 비틀리며, 흐베드룽그의 공격은 지크루네의 왼쪽 어깨를 얕게 훑고 지나가는 수준에서 그쳤다.

"어떤 놈이……, 펠리시아?!"

"휴우, 늦지 않아서 다행이야."

채찍이 느슨해지면서 금발 소녀가 안도의 한숨을 내쉬었다.

그야말로 간발의 차이였다.

아주 조금만 그녀의 도착이 늦었더라면, 흐베드룽그의 창은 지크루네의 심장을 꿰뚫었으리라.

"미안하군. 덕분에 살았어, 펠리시아."

"괜찮아, 루네. 그보다 시간은 충분히 벌었어. 이제 물러가야 해."

"하지만 적의 총대장을 눈앞에 두고……."

"그런 손으로 뭘 하겠다는 거야! 아무리 튼튼한 너라도 뼈에 금 하나쯤은 갔을 거야."

"으윽……, 아, 알았다."

펠리시아의 지적에 지크루네는 인상을 쓰면서도 마지못해 그 말을 따랐다.

무기를 쥐고 쓰는 손을 다친 상태에서는 도저히 이길 수 없다고 판단했나 보다.

역시 흐베드룽그가 예전에 『전투의 화신』이라고 절찬한 소녀였다. 전사의 긍지로만 똘똘 뭉친 소녀임에도 불구하고, 그 감정을 제어하면서 물러설 때 물러설 줄 아는 상황 판단력은 적이지만 매우 훌륭했다.

"이 빚은 반드시 갚겠다!"

지크루네가 엄포를 놓으며 말의 머리를 돌렸다.

그대로 두 사람은 도주를 시작했지만, 흐베드룽그한테는 그냥 보내줄 이유 따위는 없었다.

특히 친동생인 펠리시아만큼은 어떻게든 되찾아야겠다는 생각을 하던 참이었다. 직접 이렇게 나와주다니 이보다 더 좋은 상황은 없었다.

"펠리시아, 기다려!"

흐베드룽그는 말의 배를 걷어차며 재빨리 두 사람의 앞을 막아서려고 했다.

"으웃?!"

갑자기 바람을 가르는 소리와 함께 날아오는 무수한 화

살에 눈을 흡떴다.

화살의 기세는 대단치 않았다. 바로 손을 감싼 호구로 정확히 때려 치워냈다.

"이쪽이야, 이쪽~."

갑자기 전쟁터에 어울리지 않는 어린 소녀의 목소리가 귓가를 간질였다.

너무나도 뜬금없는 사태에 반사적으로 소리가 난 방향으로 몸을 돌렸다.

오싹!

순간 **등골**을 타고 한기가 흘렀다.

곧바로 말 등 위로 몸을 납작 엎드리자, 아까까지 흐베드룽그의 머리가 있던 부분을 또 다시 화살이 뚫고 지나갔다.

"흥, 《발톱》의 쌍둥이가 벌이는 마술이군."

역시 어리긴 해도 《바람을 일으키는 자》와 《바람을 없애는 자》의 에인헤리아르라는 보고를 받아 파악하고 있었다.

이건 아마도 《바람을 일으키는 자》의 능력인가. 목소리를 바람에 실어 다른 장소로 날려 보냈던 모양이다.

착각을 일으키기 위해서는 꽤 재미있는 능력이겠지만, 그래봤자 애들 속임수. 흐베드룽그를 완전히 무찌르려면——

"……칫, 놓쳤군."

몸을 일으키자마자 저도 모르게 혀를 차는 흐베드룽그. 잠시 한눈을 파는 사이에 지크루네와 펠리시아의 모습은 완전히 사라지고 없었다.

두 사람 모두 눈에 띄는 외모의 소유자이지만, 이 어둠 속에서는 판별하기가 다소 힘들었다.

여기까지 《표범》에게 유리하게 작용한 어둠이 이 순간만큼은 《늑대》에게 요행으로 작용하고 말았다.

"……음, 지금은 여자 뒤꽁무니나 쫓아다닐 때는 아니겠군."

자제라도 하는 것처럼 중얼거린 후, 흐베드룽그는 고삐를 당겨 말의 걸음을 멈췄다.

흐베드룽그에게는 《표범》의 종주로서 양자들을 지휘해야 할 의무가 있다. 지나친 단독 행동을 할 수는 없는 노릇이었다.

기습은 시간과의 싸움이기도 하다. 여기서 지휘에 실수를 하면, 모처럼 굴러들어온 승리의 기회를 걷어차 버리는 꼴밖에 되지 않는다.

실력주의 중심으로 돌아가는 위그드라실 안에서도 유목민족인 《표범》은 특히 그 경향이 짙었다.

이미 두 번이나 《늑대》에게 패배하여 쓰디쓴 고배를 연거푸 들이키고 말았다. 더 이상의 추태를 보이면 흐베드룽그를 탄핵하자는 움직임도 일어날 판국이었다.

여기까지 와서 **또** 종주의 자리를 잃게 되는 것인가. 그것만큼은 어떻게든 피하고 싶었다.

흐베드룽그도 이제 물러설 곳이 없을 정도로 상당히 궁

지에 내몰린 상태였다.

"제법 훌륭히 퇴각을 하는군."

이미 추격전으로 변모한 전쟁터를 바라보면서, 흐베드룽그는 재미없다는 듯 투덜거렸다.

도망치는 《늑대》 병사들의 움직임에 큰 혼란은 보이지 않았다. 참으로 질서정연했다. 즉, 아직 제대로 통제가 되고 있다는 뜻이었다.

이래서는 큰 타격을 줄 수 없다.

흐베드룽그 입장에서는 총대장의 갑작스런 행방불명으로 지휘 계통이 혼란에 빠진 틈을 노리려고 했던 만큼 그 노림수가 빗나간 꼴이 되었다.

이렇게까지 바로 군을 바로 세울 수 있는 점만 봐도 유우토의 뒤를 이어 지휘하는 장수가 상당히 걸출한 기량을 가진 인물임을 알 수 있었다.

"대장은…… 흠, 아마 올로프인가 보군."

부종주, 요르겐이라면 아마 조금 더 느슨한 후퇴로 적을 유인할 것이다.

부종부 보좌, 스카피드라면 치열한 반격을 가해서 이쪽의 발목을 잡고 놓아주지 않으리라.

그렇기에 이 군더더기 없는 신속한 후퇴극을 보면, 흰머리가 희끗희끗한 그 남자를 연상시켰다.

기발한 기술은 쓰지 않지만 단단한 전술을 짜고, 대승을 거두지는 않지만, 우선 전투에 지지 않는 방향으로 이끄는 남자다.

"그렇다면 또 거북이처럼 짐수레로 벽을 쌓고 몸을 숨기는 작전인가. 흥, 그런 바보 같은 짓이 몇 번이나 통할 줄 아나."

흐베드룽그는 잔뜩 경멸 어린 어조로 말을 내뱉었다.

하긴 저 짐수레 벽은 기마군단인 《표범》에게 있어 매우 큰 위협이었다. 그러나 아무리 획기적인 전술이라도 **이제 더 이상 신선미도 없었다.**

이 겨울 동안 천천히 대책을 짤 시간이 충분했다. 딱히 스테인토르의 힘에만 의존할 필요는 없다. 그러나 그 방법이 제일 확실했기 때문에 전략에 이용했을 뿐이다.

가면 밑의 입매를 사악하게 일그러뜨리며, 흐베드룽그는 웃었다.

"《천환의 도화사》의 이름에 부끄럽지 않게 이쪽도 마술을 하나 선보이도록 할까."

"어이고, 오늘만 해도 수명이 5년은 줄어든 것 같군."

새롭게 《늑대》군의 총대장 자리를 이어받은 올로프는 욱신거리는 위를 누르면서 크게 탄식했다.

주변에서는 《늑대》군 병사들이 새로운 본진을 설치하기 위해 천막을 이리저리 펼치기도 하고, 불을 피우는 등 바삐 제 역할을 다하는 중이었다.

《늑대》군은 야간 기습의 첫 장벽을 넘고, 가시나 요새로 이어지는 산골짜기 길목 쪽으로 군을 이동시킨 참이었다.

두두두두두두…….

그때 저 멀리서 무수한 말발굽 소리가 울렸다.

"벌써 왔단 말인가!"

밉살스럽다는 듯 올로프가 외쳤다.

말 그대로 쉴 틈을 조금도 주지 않았다.

유우토가 「작전은 다소 졸속하더라도 빨리 시행에 옮기는 것이 좋다」라고 자주 입에 올리곤 했다고, 형제들의 입을 통해 가끔 듣긴 했지만 《표범》은 그야말로 그 말을 구현이라도 한 것 같은 씨족이었다.

실제로 상대해보니 참으로 성가시기 짝이 없었다. 이래서는 판단이 조금만 늦으면 난국에 대응하기가 매우 어려울 성싶었다.

"그렇지만 어떻게든 이쪽의 태세는 갖추었다. 이제 남은 것은 반격뿐!"

산간의 협소한 길목 입구에 깔아둔 짐수레 요새를 바라보며 올로프가 입매를 싹 끌어올렸다. 이제까지 몇 번이나 《표범》의 맹공을 막아낸 철벽이었다.

완벽하게 허를 찔렸음에도 불구하고, 이 단시간에 반격 태세까지 구축한 수완만 봐도 올로프는 비범한 인물이었다. 평범한 장수라면 이미 전군이 무너진 상황에 내몰렸을지도 모른다.

이 신속 정확한 용병술은 《늑대》에는 역시 이 사람이 있다고 칭송받는 명장의 솜씨였다.

"좋아. 쇠뇌 부대, 준비! 녀석들을 벌집으로 만들어주어……."

"크악!"

"커헉!"

"너희, 대체 왜……?!"

"뭐지?! 무슨 일이냐?!"

갑자기 짐수레 요새 언저리에서 비명과 고함, 검이 맞부딪치는 소리가 들리자, 올로프는 잔뜩 화가 난 목소리로 전황을 캐물었다.

아니, 무슨 일이 일어났다는 것쯤은 올로프도 알았다. 다만 너무나도 바람직하지 않은 사태에 머리가 순간적으로 사고를 거부했던 것이었다.

반란.

이 급박하고 중요한 때에 짐수레 요새 내부에서는 《늑대》 병사끼리 실랑이가 벌어지고 있었다.

수로 봤을 때는 그리 대단치는 않았지만, 완전히 허를 찔린 게 문제였는지 순식간에 요새 일부분이 점거되고 말았다.

물론 아군과 적군의 병력 차이는 확연해서 점거는 어디까지나 일시적인 현상으로 끝나리라.

그러나 그들에게 있어서는 아주 잠깐이라도 좋았다.

덜그럭, 덜그럭, 덜그럭!

반란을 일으킨 병사들이 짐수레를 차례로 **바깥**으로 밀어냈다.

용도상으로 볼 때, 짐수레 요새는 바깥에서 오는 압력에는 버틸 수 있게 보강이 되어 있지만, 안쪽에서 바깥으로 향하는 압력이라는 사태까지 고려하지는 않았다.

짐수레 요새에 균열이 발생했다. 그곳으로 《표범》의 기마군단이 만반의 준비를 하고 짓쳐들어왔다.

마치 그 부분이 무너질 것을 알고 있었다는 듯이!

"후하핫! 외부에서 가하는 공격에 강한 것일수록 내부에서의 공격은 약한 법이지!"

말 위에서 《늑대》 병사들을 베어 넘기면서 흐베드룽그는 미친 듯이 웃음을 터뜨렸다.

이게 흐베드룽그의 짐수레 요새를 격파하는 비책이었다.

《늑대》 병사의 명예를 위해 미리 알려두지만, 그들 중 누구도 배신하지 않았다. 모두 유우토에 대한 충성심으로 똘똘 뭉친 병사들이었다.

짐수레 요새를 안쪽에서 무너뜨린 이들은 **《늑대》 병사로 위장한 《표범》의 병사들**이었다.

예전에 《늑대》의 부종주였던 롭트는 《늑대》 씨족의 차림새나 풍속, 말투 등을 잘 안다. 이럴 때를 상정해서 매복병을 미리 준비해 놓았던 것이다.

물론 완전히 똑같이 변장시킬 수는 없지만, 이 어둠 속이라면 문제없다. 도망치기에 정신없는 《늑대》 병사들 사이에 끼워 넣는 일 정도는 별로 어렵지도 않았다.

이렇게 해서 여기서 대세가 정해졌다.

신중한 유우토라면 『짐수레 요새』가 무너질 것을 대비하여 두세 개의 대책을 준비하여 전투에 임했겠지만, 역시 급한 김에 발탁한 올로프에게 그런 것까지 기대하기는 힘든 일이다.

그래도 어떻게든 올로프는 전황을 뒤집으려고 분투했지만, 반 각도 지나지 않아 《늑대》군은 《표범》의 맹공을 견뎌내지 못하고 마침내 전선을 유지하는 데 실패하여——

와해되고 말았다.

ACT 2

짹짹, 짹짹짹.

"으, 으음……."

전깃줄 위에 몰려 앉은 참새들의 지저귐과 창문에서 새어 들어오는 부드러운 햇살에 유우토는 잠에서 깨어났다.

"후아아암, 아침이구나."

기지개를 켜면서 유우토는 침대에서 몸을 일으켰다. 그리고 잠기운이 서린 눈으로 멍하게 방안을 둘러보았다.

정면에 난 벽에는 밤하늘에 선명한 빛으로 빛나는 불꽃놀이 사진이 들어간 달력, 그 옆에는 중학교 교복이 세탁 비닐이 싸여 걸려 있었다.

왼쪽에는 만화책만 잔뜩 꽂힌 밝은 빛깔의 목제 책장과 같은 색의 책상이 자리했다. 모두 초등학교 입학과 동시에 샀던 가구들이다.

매우 낯익은 풍경이었다. 어제는 불도 켜지 않고 침대에 뛰어들어서 잘 살펴보지도 않았지만, 틀림없이 매일 봐서 익숙한 자신의 방이었다.

"정말로 돌아왔구나."

벌써 몇 번인지도 알 수 없는 자문자답 같은 혼잣말.

역시 3년이라는 기간은 길었나 보다. 줄곧 일본으로 돌

아가고 싶어 했는데, 막상 그 꿈이 이루어지니 현실감이
느껴지지 않았다.

이건 유우토의 향수병이 만들어낸 꿈이고, 유우토의 진
짜 몸은 아직도 위그드라실에 있는 게 아닐까 하는 의심이
지워지지 않았다.

"아얏!"

하지만 뺨을 꼬집어보아도, 여기가 분명 현실임을 알려
주었다.

그러자 대번에 마음에 걸리는 것이 위그드라실에 남겨
놓고 온 동료들이었다.

"모두, 어쩌고 있을까."

아마 어제쯤 펠리시아가 유우토의 21세기 귀환을 주요
장수들에게 전했을 터이다.

분명 모두 혼란에 빠졌을 것이다. 한창 전쟁 중에 총대
장이 갑작스럽게 사라졌으니까 말이다.

"제발 잘 대처하면 좋겠는데……."

《늑대》군에는 유우토가 전폭적으로 신뢰하는 부관, 펠리
시아에 《늑대》 최강의 용사이자 『최강의 은 늑대』인 지크
루네, 김레 지사(知事)로 견실한 용병술로 정평이 난 명장,
올로프 등 기라성 같은 장군들이 전부 모여 있다.

그들이라면 분명 이런 예측하지 못한 사태라도 잘 대응
해줄 것이라는 마음이 들긴 했지만, 호심왕 스테인토르에
가면왕 흐베드룽그라는 강대한 난적들이 동맹을 맺은 상

황이었다. 자꾸만 불안감만 밀어닥쳤다.

특히나 신경 쓰이는 점은 《표범》의 동향이었다. 그들은 유우토가 전장에 없다는 걸 알고 있기 때문이다. 어젯밤 사이에 습격을 했다고 해도 전혀 이상하지 않았다.

"젠장, 너무 답답하잖아."

유우토는 침대 위의 쿠션을 푹 때렸다.

아무튼 저쪽의 정보가 필요했다. 그리고 가능하면 빨리 지시를 내리고 싶었다.

그러나 지금은 연락을 취할 수도 없다.

"미츠키도 내가 전쟁터로 나갔을 때, 이런 기분이었을 까……."

두려워서 견딜 수가 없었다.

불안감과 초조함이 마음을 짓누를 지경이었다.

꼬르륵~~!

갑자기 배 속에서 소리가 났다.

스스로 봐도 참 분위기 파악 못 하는 배라고 느꼈지만, 어제 너무 여러 가지 일들이 있었음에도 식사는 아침에 빵만 챙겨 먹었을 뿐이었다.

인간이니까 배가 고픈 것도 당연하다.

"일단 뭔가 먹기라도 하자."

공복은 마음을 심란하게 한다.

그리고 위그드라실과의 연락은 거리적으로 계산해서 아무리 빨라도 사나흘 후가 될 가능성이 높았다. 그때까지

식음을 전폐할 수도 없는 노릇이다.

오히려 이럴 때일수록 어느 정도라도 배를 채워, 막상 때가 되었을 때를 위해 기운을 돋우는 것이 상책이리라.

"그런데…… 어쩔까."

유우토는 난감해서 머리를 긁적였다.

이 집에서 먹고 자는 것마저도 솔직히 싫었다. 이 이상 아버지의 신세를 지고 싶지도 않았다.

그러나 현대 일본에서 생활하기에는 무엇을 하든 준비가 필요한 법이다.

"아! 그러고 보니."

문득 좋은 생각이 떠올라, 유우토는 책상으로 달려가 위에서 두 번째 서랍을 열었다. 그 안에서 찾던 것을 꺼내어 안을 확인해보고 안도의 한숨을 내쉬었다.

서랍에 있던 것은 유우토 명의로 된 은행 통장이었다. 잔고는 7만 엔 정도였다. 돌아가신 어머니가 유우토에게 세뱃돈 등등의 용돈의 일부를 거의 반강제적으로 저금하게 했던 것이다.

당시에는 내 맘대로 돈도 못 쓰냐고 불평을 했지만, 지금은 그 배려가 진심으로 감사할 따름이었다.

"빨리 출금을 해서……."

같이 들어 있던 도장도 꺼낸 후, 기뻐서 방을 뛰어나가려다가 유우토는 자신이 어떤 옷차림을 하고 있는지 깨달았다.

위그드라실 현지 복장── 인적이 드문 밤길을 걷는 것이라면 몰라도, 역시 이 꼴로 환한 대낮에 바깥을 돌아다니면 주목의 대상이 되는 건 분명했다.

도시라면 차라리 코스프레라고 넘어가 주기라도 하겠지만, 여긴 논밭이 펼쳐진 시골이었다.

"옷을 갈아입으려고 해도 말이지."

탄식하면서 유우토는 옷이 정리된 서랍을 열었다. 거기서 대충 웃옷을 한 벌 꺼내서 펼쳐보았지만, 너무 사이즈가 작았다.

당시에는 키가 클 것도 감안해서 다소 큰 옷을 샀는데, 역시 3년의 세월은 길었던 것 같다.

"하아……, 미츠키를 불러야겠다."

위그드라실에서도, 현대 일본에서도 난처한 일이 생길 때는 역시 소꿉친구가 제일이었다.

"정말 수고스럽게 해서 미안해. 고마워."

감사를 표하며 유우토는 수화기를 내려놓았다.

애용하는 스마트폰은 수중에 없기 때문에 집 거실에 있는 유선 전화를 사용했다. 유우토가 태어나기 전부터 이 집에 있던 오래된 물건이다.

일단 큰 문제 없이 작동해서 다행이었다. 먼지를 잔뜩 뒤집어쓰고 있어서 처음 봤을 때는 이거 쓸 수 있기는 한 걸까 진심으로 걱정했다.

"그런데 집이 이래서야 미츠키도 집에 못 부르겠다."

집 안을 돌아보며 유우토는 어찌할 바를 몰라 한숨을 푹 쉬었다.

다이닝 테이블에는 전체 면적의 1/3 정도를 빈 술병들이 자리를 차지했고, 재떨이에는 담배꽁초가 가득했다.

쓰레기통은 넘쳐서 뚜껑까지 열린 채로, 편의점 도시락의 빈 통 등등이 슬쩍 얼굴을 내밀고 있었다.

무엇보다 가장 큰 문제는 이 3년 내내 걸레질도, 청소기 하나도 돌리지 않았는지 방 전체가 굉장히 먼지로 공기가 탁했다.

텔레비전 받침대나 술을 저장하는 소형 냉장고 위가 아주 부옇게 흐려져 있어서, 먼지가 뽀얗게 쌓여 있는 모습을 육안으로 확인할 수 있을 정도였다.

그야말로 전형적인 홀아비의 거처임을 알 수 있는 방이었다.

"좀 정리라도 해야겠다."

안 그래도 공짜로 잠잘 곳을 얻어서 찜찜했던 차였다.

방을 빌리는 만큼 대가로 노동력을 제공한다. 매우 공평하게 느껴졌다.

그리고 도저히 어찌할 수 없는 일을 고민하지 않으려면 몸이라도 움직이는 게 차라리 나았다.

"일단은."

3년이나 지났지만, 이 집에 뭐가 있는지 정도는 다 안다.

망설이지 않고 세면장으로 가서 그 아래 수납된 박스에서 새 걸레와 양동이를 꺼냈다.

양동이에 물을 받아 현관이 있는 복도로 향했다.

"내가 이러고 있는 걸 보면 에피나 루네는 기절하겠다."

유우토는 저도 모르게 쿡쿡 웃음을 터뜨렸다.

산하 씨족까지 포함하면 10만 명은 가볍게 넘는 백성들을 통치하는 《늑대》의 종주가 손에 물까지 묻혀가며, 위그드라실에서는 하인들이 하는 고된 작업을 하려 한다.

스스로가 봐도 지위가 너무 주저앉은 것 같아서 우스웠다.

"좋아. 어디 해볼까! 우오오오오!"

크라우칭 스타트 자세로 복도의 끝에서 끝까지 단번에 걸레를 대고 문질러 밀었다. 그 한 번의 걸레질로 새하얀 걸레가 금방 시커멓게 변했다.

뒤집어서 다시 한번 걸레질. 역시 새카맣게 때가 묻었다.

양동이에 걸레를 넣어 조물조물 주물러 빠니 물이 거무스름해졌다.

"이거 진짜 고생하겠는데……."

새삼 집안일을 모두 꾸려가던 어머니의 노력을 감사하지 않을 수 없는 유우토였다.

이 넓은 집을 혼자서 가꾸면서 항상 반짝반짝 청결을 유지했으니 말이다.

"좀 더 집안일을 도울 걸 그랬어."

효도할 때까지 부모는 기다려주지 않는다고 하는 말이 사실이다.

"아~, 그러고 보니 정작 중요한 걸 잊었네."

한탄과 함께 얼굴을 찡그리며 유우토는 왼쪽에 있는 장지문이 붙은 방으로 눈길을 주었다.

걸레를 양동이에 걸어두고, 그 방에 들어가니 1층을 휘감고 있던 묘한 악취는 사라지고 대신 희미한 선향의 냄새가 풍겨왔다.

안쪽에 자리한 불단 앞에 난, 짙은 갈색으로 된 두꺼운 문짝을 열자 금빛으로 광택을 뿜어내는 관음보살상이 나타났다.

그 옆에 있는 액자에는 품위가 넘치는 부인이 흑백 사진 속에서 조용히 미소 짓고 있었다.

"다녀왔습니다, 어머니."

조금 묘한 위화감을 느꼈지만 유우토는 그 자리에 바르게 앉아 위패를 바라보며 조용히 인사했다.

오래간만에 보는 어머니의 모습에 감개무량함을 느꼈다. 유우토의 스마트폰에는 어머니의 사진이 저장되어 있지 않았기 때문이다.

"보살펴 주어서 고마워. 덕분에 이렇게 건강하게 돌아올 수 있었어."

살짝 씁쓰름한 미소를 지으며, 유우토는 불구(佛具)인 종을 두 번 울리며 합장했다.

그리고 마음속으로 이제까지 있었던 일을 어머니에게 보고했다.

얼마나 그러고 있었을까. 이윽고 현관에서 초인종 소리가 울렸다.

"아차."

아직 방 청소도 다 못했다. 하다못해 현관에서 자기 방까지는 깨끗하게 치워두려고 했는데.

"실례합니다."

귀에 익은 목소리와 함께 미닫이문을 덜걱거리며 여는 소리가 들렸다.

"젠장, 부모라는 사람이 문도 안 잠그고 다니냐!"

짜증을 부리며, 유우토는 얼른 일어나 현관으로 향했다.

"앗……, 좋은 아침이야, 유우토 오빠!"

유우토의 모습을 보자 꽃이라도 피는 듯 활짝 웃는 소꿉친구의 얼굴을 넋 놓고 쳐다보고만 유우토.

예쁘게 보이려는 새침한 얼굴, 혹은 친구와 함께 즐겁게 웃는 얼굴 등은 사진으로 몇 번이나 봤지만, 이렇게 행복에 겨워 수줍게 웃는 얼굴을 보는 건 참으로 오래간만의 일이었다.

그녀와는 항상 밤에만 대화를 해서, 아침 인사를 할 수 있게 되었다는 사실에 은근한 기쁨까지 느꼈다. 그것도 수화기 너머로 전해지는 분명치 않은 소리가 아니라, **생생한 목소리**라는 것도 매우 좋았다.

3년 전까지만 해도 아주 흔한 일상이었다. 그런 별것도 아닌, 당연한 일이 지금은 뼈에 사무칠 정도로 기뻐서 견딜 수가 없었다.

"어, 왜 그래, 유우토 오빠?!"

"응? 아, 아니, 아무것도 아니야. 아, 안녕."

의아해하는 미츠키의 목소리를 듣고 정신을 차리며 유우토는 인사에 답했다.

그러자 미츠키는 배시시 미소를 지었다.

"후후, 유우토 오빠랑 아침 인사를 하다니 3년 만이네. 정말 그립고, 신선해."

"……나도 그런 기분이야."

"그렇구나. 별 것 아닌 일인데도 정말 기뻐."

"나도 그 생각했어."

"어, 아하하, 우, 우리 은근 닮았네."

"아, 그러게. 저, 정말로."

사과처럼 얼굴을 발그레 물들이며 해죽거리는 미츠키를 보니, 유우토까지 괜히 어색해졌다.

유우토는 그저 솔직히 사실을 언급했을 뿐인데, 잘 돌이켜보니 기쁘다면서 서로 은근한 호의를 입에 담고 있다는 것을 깨달았다. 새삼스럽게 심한 부끄러움이 몰려왔다.

"미, 미안해. 이런 아침 일찍 불러내서."

이런 분위기가 살짝 거북해서, 유우토는 화제를 바꾸었다.

"아니야, 괜찮아. 봄방학인데 뭐. 근데 아빠가 자꾸 눈치를 주긴 했지만."

"하핫."

저도 모르게 유우토의 입에서 메마른 웃음이 흘러나왔다.

역시 평범한 한 아버지가 보기에 한창나이의 딸아이한
테 이상한 녀석이 들러붙는 게 썩 개운치 않은 모양이다.
특히나 유우토는 중학교 2학년 때 집을 나와 실종이 된,
어엿한 사회의 낙오자였다. 저쪽 입장에서 보면 친구로 지
내는 것조차 막고 싶은 심정이라고 해도 이상하지 않다.

"어라, 유우토 오빠. 발밑 좀 봐."

"응?"

그 말에 유우토가 아래를 내려다보니, 현관 매트 위에
아무렇게나 놓여 있는 두툼한 갈색 봉투가 눈에 들어왔다.

안에는 낯익은 유려한 글씨체로 「유우토에게」라고 적혀
있었다.

아버지한테서였다.

"…………."

유우토는 살짝 미간을 찌푸리더니, 묵묵히 봉투 안을 확
인해 보았다.

내용물은 무려 만 엔짜리 지폐 다발이었다.

"우와, 굉장해! 이거 20만 정도는 되는 것 같아."

옆에서 보던 미츠키가 깜짝 놀라 소리쳤지만, 유우토의
눈은 그저 싸늘할 뿐이었다.

동봉된 편지를 펼쳐보았다. 봉투와 같은 필체로 『마음대

로 써라』라는 간단한 문구가 전부였다.

"오~, 이러면 오늘 점심은 유우토 오빠가 초밥이라도 쏴야 할 것…… 같지는 않구나."

유우토의 얼굴을 보자마자 잔뜩 신이 났던 미츠키의 목소리가 점점 쪼그라들었다.

"아니, 그건 사줄게. 지금까지 많이 도와줬잖아. 근데 이 돈에는 한 푼도 손대지 않을 거니까."

단호한 어조로 말하며, 유우토는 돈을 봉투에 다시 넣었다.

확 내던지며 돌려주고 싶었지만, 현관에 놓인 신발 중에 아버지 전용의 나막신이 없는 걸 보니, 이미 일터인 공방으로 출근을 한 후인 듯했다.

그런 유우토를 어쩐지 안타깝게 바라보며 미츠키가 말했다.

"아직도 아버지를 용서하지 못하는 거야, 유우토 오빠?"

"……그런 것, 같다."

남의 일처럼 대꾸하며, 유우토는 봉투를 쥔 손에 힘을 주었다.

아들의 지갑 사정을 헤아린 아버지다운 자상한 배려——

라고 느껴지지 않았다. 그저 속에 열불이 나서 견딜 수가 없었다.

아버지가 훤히 꿰뚫어 보고 있다는 불쾌감, 지금 자신의 무력함에 대한 분노, 유우토의 가슴 속에서 온갖 감정들이 소용돌이쳤다. 그중에서도 가장 용서할 수 없었던 건 자신의 아들을 똑바로 마주하려 하지 않는 아버지의 **무관심한** 태도였다.

'마치 이래서는 떼를 쓰는 어린애잖아.'

그냥 내버려 두면 좋겠다, 라는 바람 역시 유우토 마음 안에 자리하고 있다. 하지만 반면에 정말로 방치를 하면 그건 아버지로서 너무하지 않느냐며, 속이 부글부글 끓어올랐다.

3년 전의 유우토라면, 그런 자신의 모순에 눈길조차 주지 않았으리라. 마음에 뚜껑을 덮어두고, 그 울분마저 아버지를 향한 분노로 바꾸어 쏟아냈을 것이 분명하다.

"결국 나는…… 아버지가 어쩌길 바라는 걸까."

사과를 해주길 바라는 건지, 비참한 몰골로 변하길 바라는 건지, 자신에게 관심을 주길 바라는 건지, 아니면 방치하길 바라는 건지.

천장을 올려다보며 스스로에게 물어보았지만, 너무 여러 감정이 복잡하게 얽히는 통에 모든 것이 다 정답으로 보이기도, 어느 것 하나 옳은 답이 없는 것처럼도 보였다.

지금은 아무리 고민을 해봐도 답이 나올 것 같지는 않았다.

"있잖아, 유우토 오빠! 이거 오빠한테 어울릴 것 같아!"

아침을 먹은 후, 유우토는 미츠키와 함께 백화점으로 쇼핑을 하러 나갔다.

외출할 때, 옷은 미츠키에게 그녀 아버지 것을 가져와달라고 부탁했다. 마음이 개운치는 않았지만, 그렇다고 자신의 아버지의 옷을 빌려 입고 싶지는 않았다.

그렇지만 계속 이러고 지낼 수도 없기 때문에 바로 옷을 장만하러 나온 것이다.

"음~? 네 말대로 괜찮긴 한데…… 헉, 비싸다!"

가격표를 본 유우토의 눈이 휘둥그레졌다.

조금만 더 가면 다섯 자리에 임박할 것 같은 가격이었다.

"더 싼 게 좋다니까. 통으로 세일하는 걸로."

"《늑대》의 종주님이 무슨 소리를 하는 거야? 그러면 아랫사람들이 얕본다고."

"됐거든. 여기서는 그냥 가난한 백수 소년이니까!"

깔깔거리며 떠드는 미츠키를 내버려 둔 채, 유우토는 「SALE 2,000엔 균일가」라는 팻말이 붙은 코너로 발걸음을 옮겼다.

이곳으로 오기 전에 은행에 들러 저금해 놓았던 세뱃돈도 인출해 왔기 때문에 사려고 하면 살 수 있긴 했지만, 이제부터 여러 가지로 돈이 들 터였다.

쓸데없는 낭비는 가급적 피하고 싶었다.

"으음―, 그래. 대충 이거랑 이걸로……"

"우와, 왜 죄다 검은색 계열만. 좀 더 밝은 색상으로 골라 봐."

곧바로 미츠키가 퇴짜를 놓았다.

"아아, 정말. 넌 네 옷이나 고르고 있어."

"나 돈 없는걸."

"온 김에 사줄게. 좀 비싼 걸로 골라도 괜찮아."

"뭐어?!"

미츠키가 얼빠진 소리로 외쳤다.

전혀 예상을 못 했는지 당황해서 시선을 이리저리 굴리기만 했다.

"하, 하지만 미안한데. 돈도 그렇게 많은 건 아니잖아? 됐어."

"바보야. 네가 이 3년 간 얼마나 많이 도와줬냐. 조금이라도 은혜를 갚게 해줘."

"……정말 그래도 돼?"

"그렇다니까. 감사의 표시로 네 선물을 사는 건 이 쇼핑의 최우선 사항이니까."

"그렇구나. 최우선이구나. ……고마워."

미츠키가 두 뺨에 손을 대며 에헤헤~ 하고 수줍게 웃었다.

이렇게나 기뻐하는 모습을 보니, 유우토로서도 선물하는 보람이 있었다.

"뭐가 좋을까. 저거 갖고 싶었는데. 근데 저것도 포기하기는 좀……."

미츠키가 끙끙대며 고민하기 시작했다.

참으로 그 표정은 시시각각 변했다. 이런 것은 전화나 사진으로는 알 수 없는 부분이다. 보면서도 질리지가 않았다.

이윽고 결심을 했는지 집게손가락을 척 세웠다.

"아, 맞다. 그럼 말이야."

강아지처럼 타다다닷 뛰어 유우토 곁으로 오더니, 미츠키는 눈동자를 살짝 들어 유우토의 얼굴을 올려다보았다.

그 몸짓에 유우토는 저도 모르게 가슴이 높다랗게 뛰었다.

"뭐, 뭐야. 정했어?"

"아니, 기왕이면 유우토 오빠가 정해줘!"

"뭐시라?!"

이번에는 유우토가 얼빠진 소리를 낼 차례였다.

남녀가 둘이서 어딘가로 외출하는 것을 데이트의 정의로 친다면, 이런 상황이야말로 데이트에서 흔히 볼 수 있는 뻔한 전개였다.

그러나 위그드라실에서 돌 하나 씹히지 않는 빵이나 유리, 대중목욕탕 등등 시대의 최첨단이라고 할 수 있는 유행을 만들어내던 유우토라도 역시 현대에서 유행하는 패션에 대해서는 문외한과 다를 바 없었다.

21세기의 유행은 1년도 채 되지 않아 순식간에 싹 바뀐다. 3년이나 자리를 비운 사이에 얼마나 바뀌었을지 상상도 되지 않았다.

"나, 나한테 맡기면 아마 이상한 걸 고를지도 몰라."

"괜찮아. 장기자랑에 쓰는 대머리 가발을 골라도 소중히 간직할 테니까."

"정말?! 진짜 그런 걸로 만족하는 거야?!"

"가보로 삼을 거야. 《늑대》의 종주님이 직접 하사하신 물건으로 신줏단지처럼 모실 거야."

"그만 좀 해. 근데 기왕 선물을 할 거면 사용할 수 있는 게 더 좋잖아. 역시 네가 좋아하는 걸로 골라봐."

"어어~~~? ……그럼 대머리 가발."

"그거 진짜 갖고 싶었던 거야?!"

"후훗~, 나한테 고르게 하면 그렇게 될걸! 그래도 되나 보지? 응? 응?"

"뭐 이런 협박까지."

"그러니까~, 싫으면 유우토 오빠가 골라야 한다는 이 말씀."

"하아……, 알았어. 내가 고른다, 골라."

깔깔거리며 장난스럽게 웃는 미츠키를 보며, 하는 수 없다는 듯 유우토는 한숨을 내쉬었다.

전쟁터에서는 무적무패의 명장이라고 칭송이 자자한 유우토도 이 소꿉친구를 이길 자신이 없었다.

물론 궁극적으로 따지자면, 남자는 여자한테 이길 수 없는 생물일지도 모르지만…….

"그래서 뭘 갖고 싶은데. 하다못해 취향 정도는 알려줘.

솔직히 뭘 골라야 할지 하나도 모르겠으니까."

"아, 그러면 난 헤어 액세서리가 좋아. 그러면 계속 몸에 지닐 수 있을 테니까."

"옷이 아니라고? 그래도 괜찮긴 하지만. 그럼 일단 이것부터 계산하고 가자."

"윽, 역시나 그 검은색으로 할 거야?!"

미츠키가 도저히 믿을 수 없다는 듯 눈을 휘둥그렇게 떴다.

"뭐 어때. 옷이야 아무거나 입으면 되잖아."

"안 돼! 절대로 안 돼! 유우토 오빠는 원판은 좋은데도 왜 그렇게 외모에 신경을 안 쓰는지."

미츠키가 뺨을 빵빵하게 부풀리며 불만을 드러냈다.

"자, 일단 이거랑 이거. 갈아입는 곳은 저쪽이니까."

자기 손에 들린 옷을 건네주더니 척, 하고 피팅룸 쪽을 가리켰다.

그 표정을 보아하니 여기서 실랑이를 벌여도 시간 낭비일 것만 같았다.

하긴 조금 어울려주는 것도 좋겠지. 라고 가벼운 마음으로 유우토는 피팅룸으로 발걸음을 옮겼지만…….

그 후, 결국 유우토는 미츠키의 인형 옷 갈아입히기 놀이에 시달렸다는 건 말할 것도 없었다.

"힘들다. 진짜 확 죽어버릴 정도로 피곤해."

유우토는 긴 한숨과 함께 통로 가장자리에 놓인 긴 의자에 앉아 힘없이 벽에 기대어 있었다.

이제 하도 힘들어서 기력이고 뭐고 쥐어짜도 나오지 않을 지경이었다.

그래도 그 복장은 완전히 바뀐 상태였다. 수수한 옷을 입은 별 볼 일 없는 소년이 지금은 캐주얼한 옷차림을 걸친 시원한 호청년으로 변신했던 것이다.

물론 지쳐서 늘어진 자세와 표정이 그 모든 것을 망치고 있긴 했지만.

"무슨 소리를 하는 거야. 옷 좀 고른 거 가지고 뭘 그렇게 난리인지."

"이게 좀 고른 거야? 옷 고르는 걸로 가볍게 1시간은 넘었다고."

"어? 이게 당연한 거 아니야? 그나마 짧게 끝낼 셈이었는데."

어리둥절한 얼굴로 미츠키가 고개를 갸웃거렸다.

그 모습에 유우토는 전율하지 않을 수가 없었다.

"이것도 짧게 끝낸 거라고……?!"

"응, 엄마나 친구들이랑 왔을 때는 기본 두세 시간은 가니까."

"으어억……."

유우토도 여자들의 쇼핑이 한없이 길다는 얘기를 들어

보긴 했지만, 설마 소꿉친구까지 그 예에 해당하는 줄은 몰랐다.

하긴 돌이켜보니 미츠키와 같이 쇼핑을 하러 외출한 적이 없었다. 그래서 몰랐던 건 당연하다면 당연하지만…….

이런 것도 몰랐다는 사실에 3년간의 공백이 더 절절히 느껴지는 것 같아 조금 억울했다.

"아—, 배고파. 초밥 먹고 싶어, 초밥!"

기분이 답답해서 그런지 갑자기 너무나도 배가 고팠다.

"잠깐만 아직 내 선물 안 샀잖아. 최우선 사항 아니었어?"

"시끄러. 빨리 쌀 좀 먹게 해줘. 아무튼 쌀밥. 기브 미 라이스!"

"으앗, 완전히 쌀 금단 증상을 보이고 있어!"

"3년이나 쌀 한 톨 못 먹으면 누구라도 이렇게 된다고. 진짜야."

아침에 미츠키가 사주었던 편의점 삼각 김밥이 너무나도 맛이 있어서 참을 수가 없었다.

농담이 아니라 정말로 눈물이 날 정도로.

미츠키만 눈앞에 없으면 엉엉 울면서 우걱우걱 씹어 먹었을 정도로.

제일 좋아하는 초밥이라면 얼마나 환상적으로 맛있을까. 상상만 해도 침이 줄줄 흘리는 유토였다.

"좋아, 얼른 헤어 액세서리 고르고 밥이나 먹으러 가자. 매장은 어디야?"

"아, 응. 저쪽이야. 으으, 정말 분위기고 뭐고 하나도 없네."

"오오, 저쪽이구나."

미츠키의 투덜거림을 못 들은 척하며 유우토는 옷이 담긴 쇼핑백을 들고 일어났다.

그대로 미츠키가 가리킨 방향으로 나아가려고 한 순간, 갑자기 누군가가 앞을 가로막고 섰다.

그의 앞에 나타난 이는 근엄한 남색 제복을 입은 남자였다. 순간 경비원인 줄 알았다.

"전 이런 사람입니다. 스오 유우토, 맞지?"

그렇게 말한 남자가 펼친 수첩의 아랫부분에 붙은 **경찰 배지**가 눈에 들어왔다.

아무래도 그토록 기다리던 초밥을 영접하는 건 한참 후의 일이 될 것 같았다.

◆

글라스드헤임——.

설명이 필요 없을 정도로 유명한 신선 아스가르드 제국의 수도이자 수많은 문화나 예술의 발상지이기도 한, 위그드라실에서도 가장 큰 규모를 자랑하는 대도시다.

"결국 도착했구나."

시그드리파는 흔들리는 마차 안에서 깊고 우울한 한숨

을 내쉬었다.

유우토와 거의 비슷한 시각에 신성 아스가르드 제국 신 제인 그녀 역시 태어난 고향으로 막 돌아온 참이었다.

동시에 그건 그녀의 자유도 끝났음을 의미했다. 기분이 울적해지는 것도 어쩔 수 없는 일이지만, 이유는 그게 전부가 아니었다.

"여전히 찜찜한 분위기가 감도는 곳이로구나."

큰길을 따라 즐비하게 세워져 있는 텐트들에는 위그드라실 전국에서 모여든 갖가지 물품들이 한가득 진열되어 있었다.

아까 전에 본 성문 앞은 행상인을 비롯하여 도시에 들어갈 허가를 받고자 하는 사람들로 긴 행렬을 이루어 북적거렸다.

매우 활기가 넘치고 시끌시끌했지만, 그건 어디까지나 표면적인 것에 불과함을 그녀 자신이 제일 잘 알았다.

사실 훌륭한 옷을 입고 즐겁게 물건을 사는 사람들도 적지는 않았다. 그러나 그건 아주 일부만 해당하는 일이었다.

이 마을에서 태어나 실제로 생활을 꾸려나가는 자들——그러니까 길을 오가는 자들 태반이 입고 있는 옷은 무채색에, 그 표정도 어딘가 음울하며 생기가 없어 피로감이 진하게 배어 나왔다.

거기에 주의 깊게 도시 곳곳에 눈길을 주면, 누더기를 걸치고 구걸을 하느라 웅크리고 있는 자도 많았다.

수많은 무고한 백성들한테서 부를 갈취하여 몇몇 자들만 풍족한 삶을 누린다. 그런 추악함이 훤히 시야에 들어왔다.

"하긴 내가 거들먹거리며 말할 입장은 못 되겠지만."

그 착취하는 계층의 정점에 선 이가 바로 리파 자신이었다.

누구보다도 아름다운 옷을 입고, 누구보다도 맛있는 것을 먹으며, 누구보다도 청결하고 호사스러운 궁전에서 살고 있으니 말이다.

그래서 거기에 걸맞은 성과를 내고 있느냐고 묻는다면, 솔직히 전혀 그렇지 않다는 대답 밖에 나오지 않았다.

정력적으로 정무에 임하며, 리파가 체류하고 있는 동안에도 차례로 정책과 발명품을 도입하여 백성 전체의 삶을 윤택하게 하느라 애를 쓰는 검은 머리의 소년을 본 후로는 더더욱 그랬다.

진심으로 부러웠다. 자신도 그처럼 세상을, 사람들을 위해 뭔가 할 수 있을까.

도시를 바라보며 리파는 다시금 그런 생각을 했다.

"후우, 늙은이들은 말이 길어서 참 견디기 힘들군."

제국 중진들에게 한바탕 설교를 듣고, 리파는 매우 피곤한지 한숨을 내쉬었다.

물론 전면적으로 리파의 잘못이기 때문에 얌전히 잔소리를 들어주긴 했지만, 설교가 무려 두 각(4시간)에 걸치자 안 그래도 긴 여행에 피로도 쌓인 상태에서 정신적인 모든 부분은 다 갉아먹고 말았다.

이제 남은 건 자기 방으로 돌아가서 잠들어 쉬기만 하면 된다. 비틀거리는 발걸음으로 방으로 향하던 참이었다.

"오오, 폐하! 드디어! 드디어 무사히 돌아오셨군요!"

후다닥 달려와서 무릎을 꿇는 자가 있었다.

말의 꼬리처럼 묶은 금색 머리칼이 흔들리는 것이 눈에 익었다. 실로 4개월 만에 다시 보는 충신의 모습에 리파는 그리움에 활짝 웃었다.

"오오, 파그라벨! 오래간만이네!"

"네. 정말 뵙고 싶었습니다. 그간 옥체는 평안하셨습니까?"

무릎을 꿇은 채 고개를 드는 파그라벨.

그 단정한 얼굴을 따라 눈물이 주르륵 흘렀다. 진심으로 리파를 걱정하고, 이제 안심이 된다는 심정이 절절히 전해져왔다.

리파는 가슴이 찡해지지 않을 수 없었다.

"후후, 내 몸을 걱정해주는 자는 너뿐이로구나."

"폐하, 결코 그렇지는……."

"아니, 사실이 아니더냐."

자조하듯 리파는 어깨를 으쓱했다.

아까까지 리파를 책망하던 중진들만 해도 공무에 구멍

이 생겨 많은 자들이 피해를 입었다, 신제로서 자각이 부족하다 등등의 잔소리를 갖가지 방법으로 몇 번이나 입이 닳도록 쏟아내기만 했지 리파를 진정으로 걱정하는 말은 결국 들어보지를 못했다.

어디까지나 그들이 필요로 하는 것은 신제라는 권위이자 그릇이지 리파가 아니었던 것이다.

이미 알고 있었던 바이지만 그래도 역시 가슴이 살짝 욱신거렸다.

"잘 돌아오셨습니다, 폐하."

갑자기 등 뒤에서 오싹함이 느껴지는 쉰 목소리가 울렸다. 리파의 얼굴이 벌레라도 씹은 것처럼 와락 구겨졌다.

그래도 간신히 정신력을 짜내 표정을 수습하며 돌아보니, 목소리로 예상했던 것처럼 바짝 마른 백발의 노인이 지팡이를 짚고 서 있었다.

"《늑대》에서의 생활은 만끽하셨습니까?"

"……흥, 내가 어디서 무엇을 하는지 이미 다 알고 있지 않나."

"네, 물론이지요. 미래의 아내의 일이니 말입니다."

노인—— 하르바르드가 즐거운지 쿡쿡거리며 웃음을 흘렸다.

반면 리파는 더욱 불쾌하게 얼굴을 찡그렸다.

그녀의 심기를 건드린 것은 딱 한 가지, 「아내」라는 단어였다.

다시금 리파는 이 눈앞의 노인을 찬찬히 살펴보았다.

길게 기른 두발도, 턱에서 늘어뜨린 수염도 모두 리파와 마찬가지로 백색이었다. 벌써 그의 나이는 예순이 넘었다고 들었다.

그 얼굴에는 주름이 몇 겹이나 졌고, 옷소매에서 엿보이는 손도 노화로 근육이 다 사라져 뼈와 가죽만 남은 것처럼 보였다.

이런 자가 앞으로 자신의 남편이 될 생각을 하니 구역질이 치밀 정도였다.

그래도 이 결혼을 피할 수는 없었다. 리파에게는 신제로서 혈통을 유지해야 할 의무가 있으니 말이다.

또한 이 추악한 노인 이외라는 선택지 역시 이미 전부 제거된 후였다.

화려한 발라스칼브 궁전은 겉으로 보기에 화려했지만, 그렇기 때문에 이를 유지하기 위해 막대한 비용이 들어간다.

한 번 높아진 생활 수준을 다시 낮추는 방법은 쉬운 일이 아니다.

이제 하르바르드가 종주를 맡고 있는 《창》의 원조가 없이는 지탱하기 힘들 정도로 제국의 재정은 위험 수위에 도달한 상태였다.

그렇다. 이렇게 나이도 맞지 않는 결혼이라니 당연히 이상한데도 아무도 이의를 제기하지 않을 정도로.

쉽게 말하자면, 리파는 제국의 존속을 위해 저 추악한

노인에 의해 돈으로 팔려간 꼴이었다.

그의 피를 잇는 새로운 신제의 그릇으로서.

그리고 그 끔찍한 결혼식의 날짜는 이제 얼마 남지 않았다.

"으윽! 펠리시아, 좀 더 살살해라. 웃!"

"꽤 살살하고 있는 거야. 아이참, 그렇게 무리를 하더니."

지크루네의 손등에 직접 만든 연고를 바르며 펠리시아가 미간을 찌푸렸다.

이곳은 《늑대》와 《천둥》의 국경 근처에 위치한, 가시나 요새 안의 방이었다.

그 문제의 야전으로 크게 패배한 《늑대》군은 근처에 있던 이 요새로 도망쳐서 목숨을 간신히 부지했다.

창문 밖에는 부상자가 수두룩했다. 다치지 않은 자를 찾아보기 힘들 정도였다. 그 얼굴도 모두 초췌하여 피로의 색이 짙었다.

이제 《늑대》군은 만신창이가 되었다고 해도 좋을 정도였다.

그래도 어떻게든 이 정도의 수의 군사를 보존할 수는 있었다.

"어쩔 수 없잖아. 항상 최전선에서 싸우는 병사들을 지키는 것이 『최강의 은 늑대』의 임무니까."

그건 바로 지크루네가 후위에 서서 사자분신적 활약을 펼친 덕분이리라. 그녀의 존재가 없었더라면 이 요새까지 도달할 수 있는 병사는 1/2 아니, 1/3도 미치지 못했을지도 모른다.

그러나 그 대가는 매우 컸다.

"그래도 이렇게 될 정도로……. 이 손을 쓸 수 없게 되면 어쩌려고 그러니?"

"그건 곤란하군. 아직 이 손은 움직여주지 않으면 안 되니까. ……크윽."

오른손을 꽉 쥐려다가 지크루네는 얼굴을 찡그렸다.

철가면이라고 유명한 그녀가 이렇게 표정에 고통을 드러낼 정도다. 상당히 격렬한 통증임이 분명했다.

그도 그럴 수밖에 없는 게 안 그래도 흐베드룽그와의 일대일 승부로 인해 부상을 입은 오른손을 마구 혹사했기 때문이다. 붓기도 심각해져서 지크루네의 오른손은 평소의 몇 배나 부풀어 오르고 말았다.

"이런 부상을 입고 무슨 소리를 하는 거니. 잠시 좀 쉬도록 해."

떼를 쓰는 아이라도 타이르는 것처럼 말하는 펠리시아.

실제로 뭔가를 살짝 쥐기만 해도 고통스러울 정도였다. 주로 무기를 쥐는 손이 이렇게 다쳤는데, 무리하게 전쟁터에 나가는 일은 자살행위와 다름이 없었다.

말리는 것도 당연했다.

"이 생과 사의 갈림길에서 어떻게 혼자 느긋하게 있을 수 있겠어?"

"하지만 오라버님이 귀환하신 지금, 너까지 없으면 《늑대》군은…….".

"그러니까 나까지 전선 이탈을 하면 더 이상 병사들의 사기도 유지할 수도 없다."

지크루네는 대화는 여기까지 하자는 식으로 무언의 압박을 주며 일어나, 벽에 걸려 있던 외투를 걸쳤다.『최강의 은 늑대』에게 대대로 이어지는 의상이었다.

그 칭호의 의미와 책임이 얼마나 막중한지 그녀 나름대로 확실하게 인식하고 있는 모양이었다. 그렇기에 여기서 죽어도 물러설 수 없다는 확고한 의지가 엿보였다.

"하아, 정말 오라버님의 말 밖에 안 듣는다니까."

펠리시아는 설득해봤자 소용없음을 깨닫고 작게 탄식했다.

하지만 그렇게 말하면서도 펠리시아 역시 지크루네의 주장을 옳게 여겼다. 인정하지 않을 수가 없었다.

비장의 무기『짐수레 요새』가 순식간에 무너지고 《늑대》는 당대 처음으로 큰 패배의 쓴 잔을 맛보게 되었다.

어떻게든 몸을 숨긴 가시나 요새도 최근에 《천둥》의 습격으로 빼앗겼던 터라 파손이 심하여 방위 거점으로서의 기능도 현저히 낮아진 상태였다. 또다시 《천둥》과 연합하여 총공격이라도 가해진다면 아마 버틸 수 없으리라.

그런 위기일발의 상황임에도 병사들이 숭배하고 따르는 총대장 유우토는 부상으로 인한 요양 중이라는 명목으로 병사들 앞에 모습을 드러내지 않았다.

이런데도 병사들에게 불안을 느끼지 말라고 하는 게 더 어려웠다.

여기에다 『최강의 은 늑대』인 지크루네까지 부상으로 전선에 서지 못하게 된다면, 병사들은 이제 《늑대》에게 승산은 없다고 절망하여 줄줄이 도주하거나 항복을 시작하게 될 것은 불 보듯 뻔한 일이었다.

지금 《늑대》군은 아주 작은 일에도 우르르 무너지기 일보 직전인, 그야말로 살얼음판을 걷는 판국이었다.

"그런데 펠리시아. 마침 좋은 기회야. 너한테 해야 할 얘기가 있어."

새삼스럽게 지크루네가 진지한 표정으로 말을 꺼냈다.

"뭔데? 좋은 얘기야? 나쁜 얘기야?"

"글쎄다. 난 판단하기가 어렵군. 그 《표범》의 종주라는 가면 쓴 남자 말인데…… . 아~, 일단 진정하고 들어."

평소 뭐든지 거침없이 말하는 지크루네가 웬일인지 어색하게 입만 우물거렸다.

그래서 펠리시아도 그녀가 무슨 말을 하려고 하는지 직감했다.

쿡쿡 웃으며 어깨를 으쓱해 보였다.

"오빠 말이지?"

"윽! 알고 있었어?!"

"응, 오라버님의 판단으로 말하지 않고 있었어. 미안해."

《표범》의 종주 흐베드룽그가 예전 《늑대》의 부종주, 롭트였다는 사실이 공공연히 밝혀지면, 반드시 그의 목을 칠 수밖에 없게 된다.

부모를 죽였다는 용서받기 힘든 대죄를 저지른 자를 방치해서는 《늑대》 씨족의 체면은 다 무너질 뿐만 아니라 안팎으로 기강이 서지 않는다.

당시, 싸움을 싫어하여 《표범》과는 유화적인 노선을 걷길 바라던 유우토로서는 숨겨둘 수밖에 없는 사실이었다.

교전 상태로 돌입한 후에도 전쟁의 악화일로로만 치닫지 않고, 평화의 길을 아예 닫지 않도록 매우 극소수의 사람만의 비밀로 부쳐두었다.

"사과할 일은 아니다. 아버님의 뜻이라면 어쩔 수 없지."

지크루네가 작게 고개를 좌우로 저었다.

진심으로 당연하게 여기는 것 같았다. 언짢아하는 기색은 전혀 보이지 않았다.

자신에게 그렇게 믿음이 가지 않았느냐는 식의 얼토당토않은 생각은 하지도 않을 것이다. 그녀의 이런 털털한 면은 세부적인 부분까지 신경을 쓰는 기질의 펠리시아가 보기에 다소 부러움으로 눈이 부실 정도였다.

물론 그 성격의 펠리시아이기에 세심하게 유우토를 도울 수 있어서, 오히려 반대로 지크루네가 내심 그런 부분을 부러워하기도 하지만 말이다.

"그런데 네 앞에서 말하는 것도 좀 그렇지만, 그 남자를 적으로 돌리니 이렇게나 골치가 아프다니……."

지금 펠리시아가 붕대를 감아주고 있는 손을 내려다보며, 지크루네가 벌레라도 씹은 듯 씁쓸한 표정을 지었다.

승패는 병가의 상사라고는 하지만, 《늑대》에서 최고의 무인으로 치는 『최강의 은 늑대』의 간판을 짊어지고 있는 몸으로서 원통함을 감출 수 없는가 보다.

"녀석의 힘은 상대의 기술을 그대로 훔쳐 자신의 것으로 삼는 것으로 끝나는 줄 알았는데 그게 아니었어. 녀석의 제일 무서운 점은 **곧바로 상대의 버릇이나 약점을 간파하는 능력이라고.**"

분통이 치밀어 오르는지 지크루네가 말을 내뱉었다.

《표범》의 종주, 흐베드룽그—— 예전 《늑대》의 부종주, 롭트의 친동생이었던 펠리시아는 그 말이 무엇을 뜻하는지 잘 알았다.

상대의 기술을 똑같이 따라 쓸 수 있다는 것은 **그 기술의 격파에도 정통해 있다**는 뜻과 같다.

그리고 그건 장수로서의 능력과도 직결된다.

"그래. 그 철벽같던 『짐수레 요새』를 무너뜨릴 방법을 몇 개씩이나 찾아내다니 우리 오빠지만 정말 무섭다니까."

"그리고 그 뒤에는 호심왕 스테인토르라는 괴물까지 버티고 있다니. 이런 상황에서는 역시 아버님 없이는 견뎌내기가 힘들겠어."

"좀 더 참아보면 오라버님의 지시를 들을 수 있을 거야."

이미 어젯밤에 《발톱》의 쌍둥이들에게 스마트폰을 들려 이아른비드로 출발시켰다.

그 두 사람이라면 적에게 붙잡히지 않고 무사히 도착할 수 있으리라.

그리고 잉그리드라면 유우토한테서 어느 정도 사용법을 배웠기 때문에 연락을 취할 수 있을 것이다.

"그렇군. 그렇다면 정말 다행이지만……. 솔직히 그때까지 버텨낼 수 있을지 모르겠다."

그러나 지크루네의 표정은 여전히 심각했다.

이곳 가시나에서 이아른비드까지 쌍둥이의 다리로도 거의 이틀은 걸린다. 연락은 밤에만 가능하기에 총 닷새는 걸릴 거라는 계산이었다.

평범한 적이라면 농성만으로도 간단히 버틸 수 있는 기간이다.

"적한테도 그 뭐였더라, 트, 트트, 트레부셋이었던가? 투석기가 있었지?"

"트레뷰셋 말이지?"

"그래, 그거. 그걸 쓰면 이런 요새는 단번에 끝장일 텐데."

하아, 하고 묵직한 한숨을 쉬며, 지크루네는 어찌할 바를 모르겠다는 듯 고개를 절레절레 저었다.

건장한 장정 두 명쯤 되는 무게의 거석을 엄청난 기세로 날리는 그 병기의 위력이 얼마나 대단한지는 그걸 가지고 수많은 《발톱》과 《뿔》의 요새를 함락시켜온 《늑대》군이 제일 잘 안다.

사용자의 입장에서는 이것만큼 든든한 무기도 없지만, 당하는 입장에서 보면 참으로 성가신 물건이 아닐 수가 없었다.

지금 이 순간, 방어책은 전혀 보이지 않았다.

"후우~~~~, 이거 **각오**를 할 수밖에 없겠군."

크게 한숨을 내쉬며 지크루네가 결연하게 말했다.

그 눈동자에 단단히 깃든 의지에 펠리시아는 자꾸만 나쁜 예감만 들었다.

그리고 안 좋은 예감은 대부분 적중하는 법이다.

"마지막으로 아버님의 목소리를 듣고 싶었는데 어쩔 수 없지. 아버님께는 네가 전해드려라. 지크루네는 마지막까지 훌륭히 싸웠다고."

ACT 3

"그래서 지금까지 넌 어디에 있었던 거지?"

책상에 팔꿈치를 대고 손으로 깍지를 끼면서, 온화해 보이는 중년 경찰이 맞은편에 앉아 질문했다.

어조는 매우 부드러웠지만 어쩐지 강압적인 박력이 느껴졌다. 아마도 그 베테랑 경력에서 뿜어져 나오는 기운이리라.

유우토가 있는 곳은 압박감이 풍기는 먹색 벽에 둘러싸인 취조실——

까지는 아니고, 대량생산된 싸구려 사무용 책상과 의자가 늘어선, 어느 기업 사무실과도 같은 공간 한구석에 설치된 응접 소파였다.

유우토는 무슨 범죄를 저지른 건 아니었으므로, 그 신병은 하치오 경찰서 생활안전과 청소년계로 넘어가게 되었다.

무려 유우토의 실종은 지역 텔레비전 방송이나 신문을 통해 다소 뉴스로 다루어졌단다. 물론 이런 바쁜 시대에 이러한 소식은 바로 풍화하여 세간의 기억 속에서 사라지지만, 놀랍게도 백화점 직원이 유우토의 얼굴을 기억하고 있어 경찰에 바로 신고했다고 한다.

그야말로 선량한 일반 시민의 모범이라고 할 수 있는 행동이지만, 솔직히 쓸데없는 친절이었다.

"딱히 숨길 것도 없고, 말을 아끼는 것도 아니지만 솔직히 믿어주실지 자신이 없네요."

내어준 차를 마시면서 유우토가 대답했다.

싸구려 엽차였지만, 이것 역시 그리움을 감출 길이 없었다.

"그건 이쪽이 판단할 일이야. 일단 할 수 있는 데까지 전부 설명해주겠니?"

"으음~, 그러면…… 그게 잠깐 이세계에 갔었거든요."

"이세계?"

"네, 위그드라실이라고 하는 다른 세계로요."

그렇게 말한 후, 유우토는 과거로 타임 슬립을 했다고 진술하는 게 차라리 나았을까 고민하다, 그냥 이세계라고 솔직히 말하는 것이 낫겠다고 결론을 내렸다.

말이 과거지 정확히 언제이고, 어디인지 모르니 말이다. 괜히 그 부분에 대해 지적이라도 받으면 대답이 궁해지기에 오히려 거짓말이라고 오해받기 충분했다.

물론 이세계에 갔다는 것도 어지간히 말도 안 되긴 했지만.

"아~, 요즘 그런 소설이 유행하긴 하지. 아저씨도 읽어봤거든~."

그렇게 말하며 중년 경찰관이 고개를 연신 끄덕였다.

역시 조금도 믿고 있지 않은 투였다.

"하핫, 뭐, 그런 반응이 나오는 것도 당연하죠."

자조의 웃음을 흘리며 유우토는 어깨를 으쓱했다.

참으로 예상 범위 안의 태도였다.

"응, 근데 이 아저씨도 이게 일이니까 제대로 된 진술을 해줘야 한단 말이야. 괜히 고집부리지 말고 솔직히 털어놓는 편이 아저씨도 편하고, 너도 이런 따분한 얘기를 얼른 끝내고 돌아갈 수 있으니 서로 좋지 않겠냐."

"네, 그 말씀이 맞아요. 그래서 솔직하게 대답을 했는데, 지금은 차라리 거짓말을 하는 편이 더 나았을 것 같다는 생각도 드네요. 어디 외국을 방랑했다는 식으로 대답하는 게 신빙성이 높으니까요."

"이 녀석, 적당히 하지 못해! 이게 어딜 경찰을 우습게 보고!"

중년 경찰관 옆에 앉아 잠자코 있던 젊은 경찰관이 갑자기 거칠게 고함을 쳤다.

세간의 눈으로 보면, 3년 가까이 가출을 하여 행방이 묘연해져 있었던 건 사실이다. 그러나 범죄자까지는 아니더라도 선량한 일반 시민이라는 대우는 받을 수 없는가 보다.

'그래도 미츠키를 잘 설득해서 돌려보내길 잘했다.'

속으로 그렇게 중얼거리며 유우토는 문득 소꿉친구의 모습을 떠올리며 미소를 지었다.

그 소녀는 유우토에 관한 일이라면 상당히 무대포로 나

서는 경향이 있어서, 이 광경을 본다면 여러 가지로 얘기가 꼬일 것 같다는 생각이 들었기 때문이다.

그러나 그 흐뭇한 웃음이 또 다시 젊은 경찰관의 신경을 건드린 모양이었다.

"뭐가 그렇게 우습냐?! 이 녀석, 어른들을 무시하는 거냐?!"

쾅, 하고 책상을 내리치며 험악한 얼굴이 분노로 더 무섭게 일그러졌다.

무슨 격투기라도 하는지 꽤 탄탄한 체격의 소유자로, 그 통나무 같은 팔은 유우토의 몇 배 이상이나 되는 굵기였다.

당연히 자기 실력에는 제법 자신이 있으리라. 그렇게 얼굴에 쓰여 있었다.

하지만——

'이 정도면…… 맨손으로 해도 펠리시아가 더 세겠다.'

유우토는 냉정히 젊은 경찰관의 전력을 분석했다.

근육으로 몸만 듬직할 뿐이지, 위그드라실에서 만난 **최강 일류 전사들이 뿜어내던 강한 자들 특유의 기운**이 느껴지지 않았다.

사실 유우토가 정면으로 맞서서 어떻게 할 수 있는 상대는 아니겠지만 그 반면, **어떤 수단이라도 괜찮다면** 사실질 것 같은 기분이 조금도 들지 않았다.

"이봐, 사키! 애한테 그렇게 겁을 주면 어떡하나."

분노하는 젊은 경찰관을 중년 경찰관이 손을 뻗어 제지하며 달랬다.

"~~으으, 아사미야 씨가 그렇게 말씀하신다면……."

젊은 경찰관은 마지못해 반쯤 일으켰던 몸을 다시 소파에 묻었다.

그걸 확인한 후, 중년 경찰관이 말했다.

"미안하구나. 너도 그렇게 도발을 하지 말았으면 좋겠어. 이 녀석은 좀 다혈질이라서 말이야. 일단 점심시간이라 배도 많이 고프지? 뭔가 먹을래? 아저씨가 사주마."

중년 경찰관은 다시 인심 좋은 미소를 유우토에게 보냈다. 그러나 그 눈이 전혀 웃고 있지 않다는 걸 유우토는 민감하게 감지했다.

생글거리며 웃는 눈 안쪽에 유우토의 일거수일투족을 하나도 놓치지 않고, 속을 캐내려는 기색이 엿보였다.

여간내기가 아니었다.

어쩐지 《발톱》의 종주, 보드비드를 연상시켰다. 물론 저쪽이 한 수 위지만.

'그렇구나. 이게 진짜 현장의 『Good and Bad Cop』이구나.'

유우토가 《뿔》의 종주, 리네아와 처음 만났을 때 사용한 협상술이었다. 실제로 당하는 입장이 되어보니, 이건 확실히 체득하지 않고서는 좋은 경찰관의 사탕발림에 넘어갈 것만 같았다.

"으음, 그럼 이럴 때의 단골 레퍼토리인 카츠동으로 부탁해도 될까요. 오랫동안 쌀을 못 먹었더니 그리워서 미치겠거든요."

사양하지 않고 유우토는 바로 요청했다.

이쪽은 실로 3년 만에 만난 제일 좋아하는 음식을 못 먹게 된 판국이었다. 이 정도의 대접을 받아도 벌은 받지 않을 것이다.

"……넌 정말 침착하구나. 보통 네 나이쯤 되는 애들은 경찰에 끌려오면 위축되거나 아니면 허세를 부리기도 하는데 말이지."

그리고 중년 경찰관은 엄지손가락으로 젊은 경찰관 쪽을 가리켰다.

"게다가 이렇게 험악한 녀석이 고함을 치잖아. 그런데 넌 안색 하나 안 바꾸고 그저 자연스럽게만 있구나. 제법 대담한데?"

"네? 딱히 그렇지는 않아요. 전 그저 잘못한 일도 없으니까 그런 거죠."

이쪽 세계에서는 말이지, 라고 유우토는 속으로 자조와 함께 덧붙였다.

아무리 간접적이라고는 하나 자신의 손이 피로 물들었다는 자각은 있었다. 그렇게 하지 않으면 동료들을 지킬 수 없었으니 후회는 하지 않지만.

"부모님께 걱정을 끼쳐드리는 건 세간에서 봤을 때 잘못된 일이라고 본다만."

"요즘 경찰은 남의 가정사에도 끼어드나 보죠?"

미소는 지었지만, 싸늘한 목소리로 유우토가 받아쳤다.

그게 그의 일인 걸 알면서도 생판 남이 함부로 끼어들게 놔두고 싶지는 않았다.

"……그제야 반응을 보인다 싶더니 이거라니."

어찌된 일인지 중년 경찰관은 인심 좋은 미소가 얼음처럼 굳어버리더니, 대신 얼굴에서 식은땀을 줄줄 흘렸다. 약간 안색도 나빠진 듯 보였다.

젊은 경찰관은 몸을 부르르 떨더니 "에어컨이 고장이라도 났나?" 하고 중얼거렸다. 그러나 유우토는 아무것도 느끼지 못했다.

영문을 몰라 어리둥절해 있던 그때였다.

"실례합니다. 저 학생을 데리러 보호자가 오셨는데요."

가림막 안쪽에서 여성 경찰관이 나타나 말했다.

"보호자요?"

"그래, 너희 아버님이야."

"……그렇군요."

세간에서 보기에는 3년간 행방불명이 되었던 신세다. 가족에게 연락이 가는 것도 당연하다면 당연한 일이다. 탓할 수는 없는 노릇이다.

그러나 괜한 짓이나 한다는 생각 역시 지을 수가 없었다.

"음, 그럼 보호자도 오셨고, 지금은 사건성이 있는 것도 아니니 돌아가도 좋아. 네가 원하는 대로 남은 건 집으로 돌아가 가족과 충분히 대화를 해봐라."

중년 경찰관이 은근 「지금」이라는 부분을 강조하면서, 손을 휘휘 저었다.

그는 아까 전의 미소를 되찾았지만, 아무래도 그 얼굴은 살짝 굳어진 것처럼 보였다. 어쩐지 상당히 경계를 하는 듯한 기색이었다.

"네, 그럼 가보겠습니다."

가볍게 고개를 숙인 후, 유우토는 자리에서 일어났다.

여기서 평행선만 달리는 이야기를 해도 아무 득도 없는 일이다.

아버지 덕분이라고 하기는 영 마음에 들지 않았지만, 얼른 이곳을 떠나기로 했다.

"젠장, 정말 건방진 소년이네요."

유우토의 모습이 보이지 않게 되자, 젊은 경찰관——사키는 핏대를 세우며 쾅, 하고 책상을 내리치면서 짜증스럽게 말을 내뱉었다.

대학 시절에는 강호로 유명한 유도부에 소속되어, 무서운 부장이라고 후배들의 두려움을 사곤 했다. 지금도 당시 후배들은 무슨 말을 하지 않아도 차렷 자세를 취할 정도였다.

그런데도 저 애송이는 겁먹은 티 하나 내지 않았다. 영

재미가 나지 않았다.

"건방지다고? 저게 건방진 걸로 보이나?"

반면 중년 경찰관—— 아사미야는 사키와는 대조적으로 잔뜩 지쳐서 소파에 푹 기대어 여직원이 가져다준 차를 마시고 있었다.

"당연하죠. 저게 건방진 게 아니면 뭔데요?!"

"후우~~, 사키, 너 수사 1과 지망이었지?"

아사미야가 찻종에서 입을 떼며 긴 한숨을 토해내면서 물었다.

수사 1과—— 강도, 살인, 상해, 유괴 등등의 강력 범죄를 처리하는 부서이다. 한 마디로, 형사를 목표로 하는 사람에게 있어서는 그야말로 선망의 대상 같은 곳이라고 할 수 있다.

"아, 네. 역시 이제까지 길러온 힘을 살리고 싶으니까요."

"흥, 그런 형사 드라마 같은 활약은 그리 일어나지도 않네만. 아무튼 위험한 부서이긴 하지."

"네."

"그럼 좀 더 위험 감지 안테나의 감도를 높이도록 해."

아사미야가 사키에게 날카로운 시선을 던졌다.

유우토에게 향했던 그런 사람 좋고 웃음기 감도는 눈빛이 아니라 상대를 완전히 꿰뚫어버리는 식의 눈이었다.

꿀꺽 침을 삼키면서 사키가 물었다.

"그게 무슨 말씀입니까? 그 소년이 그렇게나 위험했다

는 말입니까?"

"그래. 외모에 속으면 안 돼. 저 녀석은 무시무시하다고."

그렇게 말하며 아사미야는 오른팔 소매를 걷었다.

털이 숭숭 났지만 탄탄한 근육이 붙은 팔이었다.

그리고 거기에는——

"봐라. 아직도 소름이 돋아 있잖아. 그 꼬맹이가 분노를 드러내기만 했는데도 이 꼴이야. 너도 오한을 느끼지 않았냐?"

"아, 그거요? 저, 전 그냥 에어컨이 고장 난 줄 알았는데."

"이 멍청이가! 그러니까 안테나 좀 세우라고."

아사미야가 사키의 머리를 딱 때렸다.

그리고 참 어이가 없다는 듯 고개를 절레절레 저었다.

"나야 지금은 생활안전과 소년계 계장이나 하고 있지만, 수사 제4과에서 20년이나 경력을 쌓았다고. 조직 폭력배 두목들과 마주 앉아서 담판을 지어야 하는 일도 허구헌 날 있었어. 그런데 저 애 앞에서는 그런 거물들도 잔챙이로 보인다 이 말이야."

"그, 그 정도입니까……."

사키는 도무지 믿을 수가 없었다.

아사미야의 착각이 아닐까 하는 의혹만 들었다.

그러나 한편으로 이 아사미야가 언급한대로 그는 오랫동안, 수사 제4과—— 지금은 조직범죄 대책부로 명칭을 바꾸었지만—— 폭력단 대책을 전문으로 하는 부서에서 능력을 발휘하여 수백 명의 부하들을 거느린 야쿠자 두목들도 한 수 아래로 놓고 보는 존재였던 것도 분명하다.

그런 그가 이렇게까지 단언을 하니 무작정 부정을 할 수도 없었다.

아사미야가 다시 떠올렸다는 듯 몸을 부르르 떨었다.

"그런 눈을 한 녀석을 본 건 처음이야. 그 소년, 그 나이에 도대체 얼마나 무시무시한 수라의 길을 거쳐 온 거지?"

"그 대단하신 일 때문에 바쁠 텐데 방해했네."

유우토는 일부러 「대단하신 일」이라고 강조를 하며 흥, 하고 콧방귀를 뀌었다.

진심으로 미안함은 손톱만큼도 느끼지 않고, 그저 어머니가 위독할 때 검 만드는 일을 더 우선시한 것에 대한 비아냥거림이었다.

자신이 봐도 얼마나 어린애 같은 짓을 하고 있는지 자각은 하고 있었으나 자꾸만 아버지 앞에만 서면 반항적인 태도를 보이지 않을 수가 없었다.

"괜찮다. 돌아가자. 얼른 타라."

그 말만 툭 던지고, 아버지는 자신이 애용하는 차를 턱짓으로 가리켰다.

3년 전과 똑같이 흰 경트럭이었다.

이 좁은 공간에 아버지와 단둘이 있어야 하다니, 상상만 해도 숨이 턱턱 막힐 지경이었다.

"됐어. 걸어서 갈게."

"일단 타기나 해. 할 말도 있으니까."

"할 말?"

조금 의외였다.

이 아버지라는 사람은 자신에게 아니, 가족들에게 관심조차 없는 줄 알았기 때문이다.

"……알았어."

유우토는 고개를 끄덕이며 경트럭의 조수석에 올라탔다.

아버지도 운전석에 앉아 차를 출발시켰다.

유우토는 아버지 쪽으로 눈길도 주지 않고 창밖만 바라보면서 물었다.

"그래서 할 얘기가 뭔데?"

"앞으로의 일 말이다. 너, 어떻게 할 거냐? 학교에 다시다닐 거냐?"

"……아~."

솔직히 전혀 고민해보지도 않았다.

위그드라실에 있었을 때는 아무튼 돌아가야겠다는 의지로만 머리가 꽉 차 있었다. 돌아간 후의 일은 너무나도 먼미래의 일이라 아예 고려 대상에 넣지도 않았던 것이다.

"고교 입시 기간도 이미 지났다. 지금 바로 들어가려면정시제밖에 없겠지."

"…………."

갑자기 현실과 맞닥뜨리게 되었다.

현대로 돌아오면 미츠키가 다니고 있는 학교에 편입하게 되겠거니, 하고 막연하게 생각만 했을 뿐이었다.

그러나 잘 따져보니 유우토는 위그드라실로 가게 되는 일만 없었더라면, 지금 이미 고등학교 2학년이 되었을 터였다.

학력의 문제도 있다. 연령차에 대한 문제도 있다. 그런 사람이 평범한 학교생활을 보낼 수 있을 리가 없었다.

새삼 3년이라는 세월의 흐름을 느꼈다.

"아니면 취직을 할 거냐?"

"그것도 괜찮겠지."

학교를 다닌다는 건 그 기간 동안 아버지한테서 금전적 원조를 받아야 한다. 그건 딱 질색이었다.

아무튼 자립하는 걸 최우선으로 할 거라면, 역시 노동으로 수입을 얻는 것이 제일 빠른 방법으로 여겨졌다.

"그런데 중학교도 제대로 나오지 못한 네가 제대로 직장을 잡기는 힘들 거다."

또 다시 현실과 부딪쳤다.

말 한마디 한마디가 전부 옳아서 반론의 여지가 없었다.

──없긴 했지만.

"어떻게든 해볼게."

주눅 들지 않고, 유우토는 태연하게 대답했다.

"네가 상상하는 것보다 세상은 훨씬 더 험하다."

"그렇겠지. 하지만 괜찮아."

하긴 지금의 자신을 둘러싼 환경은 험난하기 그지없다. 앞날을 너무 낙관하는 부분이 있을지도 모른다.

그러나 유우토는 말도 제대로 통하지 않는 약육강식의 여명 세계에 내던져졌어도, 끝까지 살아남았다.

이 경험이 있다면 그 어떤 역경도 굴하지 않고 뛰어넘을 자신이 있었다.

"그런데 갑자기 제대로 된 부모처럼 굴고 왜 이래. 답지 않잖아."

"일단 부모이긴 하니까."

"흥, 내 부모는 어머니랑 이제까지 있던 곳에서 나를 보살펴 준 선대뿐이야. 어머니를 버리는 당신은 아니라고."

"……그러냐."

거기서 대화는 끊기고 말았다.

엔진 소리만 차 안에 울렸다.

길이 멀지 않아서 금방 집에 도착했다.

차에서 내린 유우토는 일터로 돌아가겠다는 말만 남기고 떠나가는 아버지의 경트럭을 노려보면서, 혀를 차며 말을 툭 내뱉었다.

"무슨 변명이라도 좀 하란 말이야, 빌어먹을 아버지."

'미츠키, 날 속였구나?'

유우토는 옆에서 잘못했다고 손을 모으고 있는 소꿉친구에게 원망스러운 눈초리를 보냈다.

아까 집으로 돌아가자마자 걱정하고 있을 터인 미츠키에게 경찰서에서 돌아왔다는 소식을 전했지만, 그때 오히려 근처 패밀리 레스토랑까지 나오라는 말을 들었기 때문이다.

유우토도 점심을 먹지 않은 참이어서 마침 잘됐다고 생각해서 나갔는데——

"오~, 호오~, 흐음~."

그렇게 맞은편에 앉아 거침없이 자신을 뜯어보고 있는 또래 소녀에게 뭐라고 형언할 수 없는 거북함을 느끼지 않을 수가 없었다.

소녀의 이름은 타카오 루리. 미츠키의 중학교 시절부터의 친구라고 소개를 받았다.

백화점에서 둘이 있는 걸 목격한 루리가 유우토가 경찰서에 간 사이, 미츠키를 이 패밀리 레스토랑으로 연행하여 상황을 꼬치꼬치 캐물었단다.

그러는 중에 유우토가 전화를 걸었다고 한다. 루리 입장에서 보면 호박이 넝쿨 째 굴러들어오는 꼴과 같았으리라.

지금 돌이켜보면, 미츠키의 상태가 좀 이상했던 것도 같다. 오히려 괜히 걱정이 되어 쫓아갔던 게 화근이 된 모양이다.

"이 사람이 그 소문의 남친이구나."

"아, 아직 남친은 아니야."

"호오, 아직, 이구나. 아직!"

히죽거리며, 말 그대로 히죽거리면서 루리가 사악한 웃음을 지으며 반복해서 말했다.

"아우으~."

미츠키는 얼굴을 새빨갛게 물들이며 그 자리에서 몸을 웅크렸다.

벌써부터 격침 상태였다. 아무래도 이 자리에서 그녀의 지원 사격은 기대할 수 없을 성 싶었다.

"후후후~, 미츠키한테서 여러 가지로 얘기는 많이 들었답니다."

"아아, 그러세요."

유우토는 일부러 건성으로 대꾸했다.

도대체 무슨 얘기를 했나 내심 호기심이 들끓어 올랐지만, 전쟁터에서 기른 유우토의 날카로운 감이 괜스레 파고들지 말라고 격렬히 경보를 울리는 중이었다.

"그래서 미츠키를 어떻게 생각해요?"

그래봤자 결국 상대방이 치고 들어올 뿐이지만.

그것도 시작부터 돌직구를 날리는 통에 유우토까지 표정이 굳어지고 말았다.

"어떻게라니, 그건 무슨⋯⋯."

미츠키에게 흘끔 시선을 주면서, 유우토는 우물거렸다.

처음으로 마음을 밝히는 대상이 당사자가 보고 있는 앞

에서 그것도 타인이라니, 우스갯소리도 되지 못할 일이다.

"루리도 참. 초면에 갑자기 무슨 소리를 하는 거야?!"

미츠키가 이제 얼굴을 잘 익은 사과처럼 붉게 물들인 채 울먹거리며 제지했지만, 루리는 전혀 개의치 않았다.

"아니, 하지만 3년이나 기다렸으니까 이런 건 확답을 받아두어야…… 아야야야얏!"

갑자기 루리의 등 뒤에서 금발의 여자가 나타나더니 그 귀를 확 잡아당겼다.

"미안해. 얘가 실례를 했구나."

루리의 귀를 꾹 눌러 쥐면서 여자는 생긋 웃었다.

나이는 스무 살 전후 쯤 될까. 루리의 성인 모습이 저렇지 않을까 싶은, 그런 날씬한 미녀였다.

"아파, 아프다고! 사야 언니! 미안해. 내가 잘못했으니까 이제 좀 봐줘!"

"나한테 사과를 해서 어쩌니."

"흐에에엥, 미츠키, 스오 오빠, 죄송합니다."

"진즉에 그럴 것이지."

사야는 만족스럽게 고개를 끄덕이며, 이제야 루리의 귀를 놓고 그 옆자리에 앉았다.

루리는 "아~, 아프다~!" 하고 투덜거리며, 귀를 꼭 누르고 우는 소리를 했다. 아무리 가족사이라고 해도 가차없는 여자인 모양이다.

미녀는 그런 루리를 가리키고, 어깨를 으쓱하면서 말했다.

"아, 타카오 사야라고 해. 애의 사촌 언니야. 잘 부탁해."

"아아, 그 고고학에 대해 잘 아신다는 분…… 이죠? 스오 유우토라고 합니다. 그때는 정말 감사했습니다. 여러모로 참고가 되었어요."

"오~, 예의가 바르구나. 우리 사촌 여동생도 좀 본받았으면 좋겠네."

"하핫……."

어떻게 대답하면 좋을지 몰라 유우토의 입에서는 절로 메마른 웃음만 흘러나왔다.

"너와는 한 번 대화를 해보고 싶었어. 봄방학이라서 잠시 귀성을 했더니 마침 돌아왔다는 소식을 들었지 뭐니? 이런 기회다 싶었지. 혹시 방해를 하지는 않았니?"

"아니요, 괜찮아요. 그리고 저도 당신과 대화를 해보고 싶었습니다."

"흠, 나이에 비해 상당히 침착하구나. 그리고 조용하면서도 진중함이 느껴져. 역시 수만 명의 사람을 다스려본 사람의 품격이려나."

사야가 입가에 손을 대며 묘하게 납득했다는 식으로 고개를 끄덕였다.

저도 모르게 유우토는 어깨를 으쓱하며 쓴웃음을 지었다.

"아마 그건 플라시보 현상 같은 걸 거예요."

"흐음? 그래, 뭐 그렇다 치자. 아, 여긴 내가 쏠 테니까 먹고 싶은 거 주문해. 사양하지 말고. 이래 봬도 내가 돈은 좀 벌거든."

"아, 네."

사야의 재촉을 받아, 유우토는 메뉴판을 펼쳤다.

그러고 보니 루리의 거센 기세에 눌려 주문도 아직 못했다는 사실을 깨달았다.

사주겠다는 제안이 좀 마음에 걸리긴 했지만, 어른이 그렇게 좋게 제안을 해주는데 손아랫사람이 거절하는 것도 실례일 것 같았다.

순순히 호의를 받아들이기로 했다. 그냥 오늘의 런치로 골라 주문했을 때였다.

"그럼 얘기를 좀 들어볼까?"

사야가 곧바로 노트북을 딸깍 열면서 말했다. 만반의 준비가 다 된 자세였다.

"얘기는 해드리겠지만, 어디부터 해야 좋을까요?"

"처음부터 해도 괜찮아."

"그럼……."

드링크 바에서 가져온 우롱차로 목을 축인 후, 유우토는 이제까지 있었던 일에 대해 이야기를 늘어놓기 시작했다.

"처음에 불려갔던 당시에는 정말 뭐가 뭔지 하나도 몰랐어요. 루네가 들이댄 검이 얼마나 차가웠는지는 지금도 생생히 기억나요. 피까지 싹 얼어붙는 느낌이랄까."

"흠흠, 응, 역시 중개자보다 본인한테서 들으니까 얘기의 생생함이 전혀 다르구나."

노트북의 키보드를 타각타각 두들기며 사야가 맞장구를 쳤다.

당연하지만 자판을 보지도 않고 타자를 치고 있었다.

유우토의 집에도 데스크톱 컴퓨터가 있지만, 주로 스마트폰을 사용하는 유우토에게는 그 엄청난 속도로 유려하게 타자를 치는 손놀림은 가까이에서 보니 정말 대단하게만 느껴졌다.

"음. 신화와 조금 엇나가고 있다는 건 예상대로이긴 하지만, 제일 중요한 곳이 상당 부분 일치하지 않는단 말이야."

키보드를 두드리는 손을 잠시 쉬며, 책상을 손가락으로 톡톡톡톡, 리드미컬하게 두드리는 사야.

"중요한 곳이요?"

"그래. 네가 소환되었을 때……, 그러니까 북유럽 신화로 따지자면 펜리르가 글레이프니르에 의해 사로잡히는 장면이 말이야."

"네에……."

"신화에서는 아스가르드의 신들은 재앙을 불러온다고 예언된 펜리르를 구속하기로 결정하고, 뢰딩르라는 쇠사슬을 갖추었지만 끊어지고 말았어. 그 후, 드로미라는 뢰딩르의 두 배나 더 강한 사슬을 마련했지만 이것도 펜리르는 쉽게 끊어버렸지."

"뭐랄까 굉장히 흉악해서 감당이 안 될 정도네요."

"너를 말하는 건데 말이지.『악평 높은 늑대』씨?"

사야는 쿡쿡거리며 웃음을 지었지만, 유우토는 자각을 전혀 못하고 있었기에 그런 말을 들어도 그리 마음에 와닿지 않는 실정이었다.

"아무튼 몇 번이나 의식을 집행했지만 네가 소환되지 않았다는 사실과 연결을 지을 수 있겠지."

"아하."

"그래서 결국 답답해진 신들은 **이 세상에 없는 것**을 재료 삼아 만든 글레이프니르라는 마법의 끈을 준비하게 시켰지. 프레이의 종자인 스키르니르한테 말이야."

"잠깐만요. 스키르니르라면……!"

들어본 적 있는 단어에 유우토는 저도 모르게 눈을 휘둥그렇게 떴다.

"그래, 네 부관인 펠리시아 씨의 룬 말이야. 일부에서는 수르트의 스파이였다는 설도 있지만, 아주 틀리지는 않은 상황인 것 같네."

"그 녀석은 스파이가 아니에요. 계속 제 곁에 있었으니까요."

유우토가 퉁명스럽게 대답했다.

펠리시아는 유우토가 아무것도 할 줄 몰라서 모두에게 『자비를 받는 자(스콜)』이라고 놀림을 받을 때부터 충성을 다했었다.

스파이라는 소리를 들으니 영 기분이 개운치는 않았다.

"아무튼 요 부분에 있어서 《발굽》의 윙비와 얽힌 가설 정도는 선보일 수는 있지만, 얘기가 너무 탈선할 것 같으니 일단 미뤄두기로 하자."

"그런 말을 들으니 오히려 더 신경이 쓰이는데요."

"지금은 일단 글레이프니르의 얘기를 하게 해줄래?"

"……네."

마지못해 유우토는 고개를 끄덕였다.

"이 글레이프니르로 신들은 펜리르를 붙잡아두는 데 성공했어. 너도 위그드라실에 묶여버리고 말았지. 여기까지는 그대로 가면 되는데, 네 이야기를 들어보면 한 가지 빼면 안 되는 존재가 빠져 있단 말이지."

"빼면 안 되는 존재 말인가요?"

"그래, 군신 티르. 펜리르를 붙잡기 위해 그가 오른팔을 희생했다는 에피소드가 신화에 남아 있는데, 네 이야기에는 그에 상응하는 부분이 보이지 않는단 말이지."

"선대……, 파르바우티 아닐까요? 부종주, 그러니까 오른팔이었던 롭트 형한테……."

"응, 그럴 가능성도 염두에 두긴 했지만 아무래도 이거다 싶은 느낌이 안 든단 말이야. 티르는 북유럽 신화에 있어 최고신이거든? 이런 식으로 말하면 좀 그런데, 네 선대 종주는 그래봤자 변경의 약소 씨족의 수장에 불과했잖아?"

"최고신? 북유럽 신화의 주신은 오딘이 아니에요?"

북유럽 신화를 잘 아는 건 아니지만 유우토도 그 정도는 알았다.

"응, 지금 전해지고 있는 북유럽 신화에서는 그렇지. 하지만 초창기의 북유럽 신화에서는 티르는 법과 풍요, 평화를 관장하는 최고신이었대. 다만, 그 후 격렬한 전란의 시대 속에서 전쟁의 신인 오딘에 대한 신앙이 쌓이면서 티르는 일개 군신으로 전락하고 말았지."

"……신들의 세계도 참 살기 힘드네요."

유우토는 절로 얼굴을 찡그렸다.

아까 언급했기에 떠올리지 않을 수가 없었다. 원래 제8대 《늑대》의 종주 자리에 앉을 터였던 부종주, 롭트를 내쫓게 만든 원인은 바로 유우토 자신이었다.

"그러네. 신들도 인간이 만들어낸 존재니까 당연히 인간처럼 업을 지고 있다는 뜻일지도 몰라."

"그래서 그 시귄이라는 여자가 《핌불베르트》라는 비법을 거는 바람에 정신을 차리고 보니 미츠키의 방에 있었다는 거예요. 이 정도로 정리할 수 있겠네요."

설명을 전부 마치고, 유우토는 후우우, 하고 크게 한숨을 내쉬었다.

꽤 간략하게 줄여 말할 셈이었는데, 그래도 실제 설명을 시작해보니 무려 네 시간이나 경과하고 말았다.

역시 피곤함을 느끼지 않을 수가 없었다.

"흠, 고마워. 아주 흥미로운 얘기였어."

타악, 하고 약지로 가볍게 엔터키를 치고 나서 사야도 크게 기지개를 폈다.

"저야말로 이야기를 들어주셔서 감사합니다."

유우토도 깊게 고개를 숙였다.

이세계에 가서 그곳의 임금 노릇을 하고 왔다니, 농담도 이런 농담이 없다. 그걸 이렇게나 진지하게 메모까지 해가면서 들어주었다. 그저 감사의 마음만 들 뿐이었다.

"고맙기는. 결국 전부 들었는데도 시간과 장소는 특정할 수 없었는걸 뭐."

입가에 손을 댄 채, 사야가 복잡한 표정으로 신음했다.

"역시 알 수 없는 거네요……."

살짝 낙담에 빠지며, 유우토는 탄식했다.

자신이 언제, 어느 장소에 있었는지 유우토도 절실히 알고 싶었다. 그뿐만 아니라 **그 후**의 일이 어떻게 되었는지도 신경이 쓰여 견딜 수가 없었다.

역시 《늑대》의 모두가 평온한 삶을 살길 바랐다.

아무 일도 없으면 좋겠지만……, 북유럽 신화를 그대로 따라간다면 조만간 종말적인 전쟁이 일어날 수도 있다는 뜻이었다. 자꾸만 불안하기만 했다.

"인종, 언어, 신화, 위도로 보건대 동유럽 정도가 아닌가 싶었는데, 그 주변과는 지리가 완전히 다르단 말이지."

다시 타닥거리며 타자를 치는 사야.

그리고 다른 이들도 볼 수 있도록 화면을 크게 젖혔다. 거기에는 유럽의 지도가 띄워져 있었다.

유우토도 스마트폰으로 몇 번이나 확인했던 지도지만, 역시 컴퓨터 화면이라서 그런지 이쪽이 훨씬 크고 보기가 편했다.

유우토도 위도 53도선을 왼쪽에서 오른쪽으로 따라 훑었다.

"맞아요. 상당히 큰 산맥이 세 개나 있는데……."

"근데 여기는 산맥 하나 안 보이고."

"네……."

손가락으로 가리킨 부분에는 녹색 면만 한가득 펼쳐져 있을 뿐이었다.

산을 나타내는 갈색은 조금도 없었다.

"중국으로 가면 인종이 너무 다르고, 미국으로 가면 산은 있지만 서쪽이 바로 바다잖아요. 제가 있던 세계에서는 산의 서쪽으로 알브헤임이나 바나헤임이라는 육지만 펼쳐져 있어요."

"참 이해할 수가 없네. 아예 초보적인 면에서, 그러니까 위도 측정을 잘못했다든가?"

"저도 그게 의심스러워서 몇 번이나 조사를 해봤거든요."

"으음."

"북위 45도 정도라면 알프스 산맥 같은 건 있지만요."

"아니, 들어보니까 알프스와는 명백히 지형이 다르……
으응?"

사야가 멈칫했다.

갑자기 무서울 정도로 빤히 주시하기에 유우토는 저도
모르게 주춤거렸지만, 그녀의 눈은 유우토를 비추고 있지
않은 모양이었다.

"알프스……, 《요정의 동(알브키페)》……, 그렇구나. 그거
였어. 이제 알겠다. 9,000년이 아니라 900년으로 추정하는
게 더 자연스럽고 시대도 일치해."

사야 혼자 중얼거리며 납득을 하느라 유우토를 포함한
나머지 셋은 전혀 따라갈 수가 없었다.

"저어, 사야 씨?"

"읏!"

유우토가 부른 그 순간, 이제 사야는 노트북과 마주앉아
뭔가에 홀린 것처럼 맹렬한 기세로 키보드를 두들겨댔다.

그러는가 싶더니 타악! 하고 노트북의 덮개를 덮고 자리
에서 일어섰다.

"좀 조사할 게 생겼으니까 난 이제 갈게! 계산할 돈은 여
기! 그럼!"

지갑에서 지폐를 꺼내 테이블 위에 내리치듯 올려놓은
후, 빠른 걸음으로 계산대를 지나 가게를 나가버렸다.

참으로 천재답게 제 갈 길만 알아서 가는 타입의 여자

였다.

◆

"어젯밤에 《표범》이 《늑대》에게 야간 습격을 가해서 쳐 부쉈다고?!"

최측근 장수인 티얄피한테서 들은 청천벽력과 같은 소식에 《천둥》의 종주, 스테인토르는 되묻지 않을 수가 없었다.

나이는 20대 전후. 어딘지 모르게 치기 어린 풍모에 어울리지 않게, 위그드라실에 세 명도 채 안 된다고 하는 쌍문을 가지며, 위그드라실이 그 아무리 넓다 해도 그 무용에 필적할 자는 없다고 할 정도로 대단한 천하무쌍의 맹장이다.

그 《호심왕》 스테인토르를 쉽게 격퇴하고, 《표범》과의 공동 작전마저 받아쳐낸 그——

"그 스오 유우토를 이렇게나 쉽게……. 정말이야?!"

얼마 전의 공동 작전으로 허를 찔렸음에도 불구하고 전투에서 이기지 못했다. 그런데 그걸 《표범》 단독으로 격파했다니 쉽사리 믿을 수 없는 이야기였다.

"네, 저도 거짓 정보인 줄 알고 의심했지만, 아무래도 확실한 것 같습니다."

"말도 안 돼……. 스오 유우토도 야습 정도는 경계를 했을 텐데. 도대체 뭐가 어떻게 된 거람?"

흐베드룽그도 꽤 능력 있는 장수이긴 하다.

그는 조금이라도 빈틈을 보이면 그 자리로 바로 치고 들어오기 때문에 스테인토르한테는 없는 승리욕, 수단과 방법을 가리지 않는 태도, 합리성까지 겸해서 여간 방심할 수 없는 남자다.

그래도 역시 영 찝찝함을 지울 수 없는 스테인토르였다.

승패는 병가의 상사, 그 얼마나 대단한 명장도 백전백승은 어렵다고 하는 것쯤은 잘 알고 있지만…….

"그 점에 대해서 말입니다만, 《표범》의 병사들이 신이 나서 떠들어대고 있는 소문이 있습니다."

"어서 말해봐."

스테인토르가 턱짓으로 티얄피의 말을 재촉했다.

"네. 『스오 유우토는 이제 없다. 총대장이 없어진 《늑대》 따위 두려워할 필요도 없다』……라고 합니다."

"없다고? 그게 무슨 뜻이지?"

"글쎄요. 그것까지는…….'

"가면의 형제가 이제 암살까지 저지른 건 아니겠지."

손가락을 우두둑 꺾으며 스테인토르가 사나운 어조로 말을 내뱉었다.

하긴 유우토가 없으면 《늑대》가 이렇게 대패하는 것도 납득이 된다.

하지만 그런 모략도 전투의 일환이라고는 하지만, 찬물

이라도 끼얹은 듯 도무지 흥이 나지를 않았다.

"그럼 저희는 어찌할까요?"

"가시나 요새 공격에 가담해야지. 《표범》만 움직이게 할 수는 없으니까."

가시나 요새는 원래 《천둥》의 것이다. 그걸 점령하지 않고서 수도인 빌스키르니르로 귀환할 수는 없다.

유우토한테서는 「그 바보」라는 놀림을 받는 스테인토르지만, 결코 단순한 바보가 아니고 특히나 전투에 있어서 확실히 잡아둘 곳은 잡아두는 남자였다.

머리를 긁적이면서 스테인토르는 귀찮다는 듯 말했다.

"근데 솔직히 의욕은 안 생기지만."

한편 그 시각, 유우토의 후임으로 《늑대》군의 총대장을 맡은 올로프는 가시나 요새 안의 성주의 방에서 이 속수무책의 현 상황을 두고 골머리를 앓는 중이었다.

앞서 치렀던 야전(野戰)에서 큰 패배를 하는 바람에 사상자의 수는 상당히 증가한 데다, 그 사기는 절망적으로 낮았다.

이 가시나 요새는 이전 《천둥》과의 전투에서 상당 부분 파괴가 되어, 방위 거점으로서의 기능이 현저히 저하된 상태였다. 보관하고 있던 식량도 그때 대부분 빼앗기고 말았다.

《늑대》군이 가지고 왔던 군량도 앞선 야전으로 거의 빼앗겨 현재 수중에 있는 양으로는 버티기도 힘든 판국이었다. 이래서는 농성전으로 밀고 나가기 힘들다.

뿐만 아니라 적군인 《천둥》에는 《분쇄하는 것》을 가진 스테인토르가, 《표범》에는 트레뷰셋이 있는 이상, 그리 오래 버틸 수 있을 것 같지도 않았다.

"이 가시나 요새를 버리고 도망칠까."

두 산이 접해 생긴 좁은 산골짜기에는 이미 《표범》이 진을 치고 있어서 이용할 수는 없지만, 『조호이산』작전을 수행할 때 썼던 우회로를 통해서라면, 아직 《표범》의 포위진이 완성되지 않은 지금 이때라면 이탈이 가능할지도 모른다.

다만——

"완전히 도망칠 수 있을까?"

올로프는 복잡한 표정으로 신음했다.

《늑대》군은 보병이 주류를 이룬다. 반면 《표범》은 기병 중심의 군단이다. 기동력 면에서 보면 그야말로 하늘과 땅 차이다.

도망치는 순간 바로 따라잡힐 게 분명하다.

그리고 전과라는 것이 추격에 의해 생긴다는 말이 있는 것처럼 군이라는 건 도주할 때 공격을 받으면 제일 피해가 큰 법이다.

"그저 철저히 항전하여 적에게 조금이라도 피해를 입히

면, 훗날 《늑대》를 위해 도움이 되지 않을까?"

그러나 앞서 언급한 것처럼 《늑대》군은 현재 부상자도 많고, 사기도 저조해서 제대로 맞서 싸울 수 있는 상태가 아니다.

앞으로 나아가도 지옥, 물러서도 지옥이라 어느 쪽을 선택해야 좋을지 결론조차 못 내고 제자리걸음만 하길 벌써 반 각이라는 시간이 지났다.

그러나 시간은 제한되어 있다. 이제 결단을 내려야겠다고 결심한 그때였다.

"올로프 오라버니, 잠깐 괜찮겠습니까?"

"지크루네구나. 무슨 일이냐?"

이제 완전히 초췌해진 얼굴과 목소리로, 올로프는 불쑥 나타난 은발 소녀를 방 안으로 들어오게 했다.

지크루네가 한 번 고개를 숙여 인사를 했다가 그 다음 고개를 들었을 때, 이미 그녀는 아랫입술을 꽉 깨물고 그 얼굴에 비장한 결의를 담고 있었다.

"음."

보통 일이 아님을 감지하고 올로프도 자세를 바로 잡았다.

지크루네는 작게 숨을 들이쉬었다.

"저와 친위기단이 이 요새에 남아 적을 막겠습니다. 그 사이, 오라버니는 본진을 이끌고 탈출하십시오."

"뭐라?!"

갑작스러운 제안에 올로프는 바로 할 말을 잃고 말았다.

친위기단은 《늑대》의 최정예 부대이긴 하지만, 그 수는 300명 정도 된다. 견습까지 포함하면 500도 채 되지 않는다.

그 정도의 병력으로 《표범》과 《천둥》 연합군을 상대하다니 그야말로 무모하기 짝이 없는 짓이 아닐 수 없었다.

그건 다시 말해——

"너…… 목숨을 버릴 셈이냐."

"항상 선두에 나서 싸우고, 모두를 지키는 것. 그게 대대로 이어져 온 『최강의 은 늑대』의 사명이니까 말입니다. 괜찮습니다. 모두가 완전히 도망칠 때까지 오기로라도 시간을 벌어 놓을 테니까."

"으으음."

올로프가 입가에 손을 대며 끙끙거렸다.

분명 그 방법밖에 수가 없긴 했다.

《늑대》 본진이 도망치더라도 《표범》은 가시나 요새를 완전 무시하고 쫓아올 가능성은 희박하다.

적병이 틀어박혀 있는 거점을 그냥 지나치면 협공당하기 알맞은 목표물이 되기에 십상이기 때문이다. 지금까지의 전투 방식만 보아도, 흐베드룽그는 그렇게까지 어리석지는 않으리라.

바꿔 말하면, 《표범》이 가시나 요새를 함락시키는 시간 동안만큼은 《늑대》 본진은 추격을 당할 일 없이 도망칠 수 있다는 뜻이기도 하다.

그리고 선봉에 나아가 싸우며 모두를 지키는 일이 『최강의 은 늑대』의 사명이라면, 소를 버리고 대를 취하는 결단을 내리는 것이야말로 바로 총대장의 사명이었다.

"후우~~~~~~."

기나긴 한숨 끝에 올로프는 자리에서 일어나, 지크루네에게 저벅저벅 걸어 다가가더니 그 왼쪽 어깨를 두들겼다.

"미안하구나. 남은 건…… 남은 건 나한테 맡기길 바란다!"

휘이잉! 갑자기 올로프가 지크루네에게 주먹을 휘둘렀다.

"무슨?! 으윽!"

당연히 지크루네는 반사적으로 오른팔을 들어 그 공격을 막아냈지만, 충격은 상처에 그대로 전해졌는지 고통으로 얼굴을 일그러뜨렸다.

그리고 그 틈을 놓칠 올로프가 아니었다.

아니, 처음부터 다 계산된 한 수였다.

"무기를 쥐는 손이 그래가지고 어떻게 싸우겠단 것이냐. 허업!"

"으윽!"

이어서 날아온 올로프의 혼신의 일격이 지크루네의 명치를 강하게 가격했다.

"올로프…… 이 자식이…….."

이 공격에 그 지크루네도 견디지 못하고 무릎을 꿇으며 그대로 앞쪽을 향해 풀썩 쓰러졌다. 그리고 곧 움직이지 않게 되었다.

기절한 모양이었다.

"훗, 덕분에 결심이 섰다. 이 패전은 나의 책임. 여동생한테 뒤처리나 시키고 마음 편히 도망칠 수 있겠느냐."

일말의 망설임도 완전히 사라진 그 표정은 그야말로 각오를 한 남자의 얼굴이었다.

흐드러지게 핀 벚꽃이 시야 한 면을 가득 메우고 있었다.

그 선명한 화려함에 유우토는 압도당할 뿐이었다.

물론 난생처음 보는 꽃은 아니지만, 역시 벚꽃은 사람의 심금을 울리는 『무언가』가 있다.

위그드라실로부터 귀환한 지 벌써 사흘이나 지났다.

펠리시아와의 연락은 아직도 닿지 않았다.

그런 와중, 꽃구경을 하러 가자는 미츠키 때문에 반강제로 끌려나가게 되었다.

"여전히 인파가 엄청나구나."

연못을 둘러싸듯 심어진 벚나무 아래에는 꽃구경을 온 행락객들이 돗자리를 깔아놓고, 그 위에서 술이나 도시락을 펼쳐놓고 노는 중이었다.

어느 벚나무 아래도 비어 있는 곳이 전혀 없었다.

하치오 공원은 수면에 비치는 벚꽃의 모습이 제법 운치가 있어, 이 고장에서는 꽤 명소로 유명하다. 쾌청한 하늘에, 게다가 일요일까지 되면 이렇게나 사람들이 바글바글 모이는 것도 당연한 일이었다.

"이래서는 지금 자리를 잡으려고 해도 소용없을 것 같은데?"

"그건 괜찮아. 으음, 아, 저기 있네. 우리 왔어, 루리!"

미츠키는 두리번거리며 주변을 둘러보다가 크게 손을 흔들었다.

상대방도 미츠키를 알아본 모양이었다.

"오, 미츠키! 여기, 여기야!"

저쪽 세 번째쯤 되는 벚나무 밑에서 경단을 우물거리고 있는 포니테일의 소녀가 어서 오라고 손을 흔들었다.

미츠키도 활짝 웃으며 다가가 짝! 하고 하이터치를 했다.

"자리 잡아줘서 고마워~. 많이 힘들었지?"

"전혀. 근데 어때? 완전 좋은 자리로 잡았지?"

"응, 역시 루리는 대단해."

좋아서 꺄꺄거리는 두 사람과는 대조적으로 유우토는 어색하게 얼굴만 굳혔다.

그렇게나 놀리며 재미있어하는 루리의 시선 공격을 당한 건 바로 어제의 일이었다.

"스오 오빠, 그런 표정 짓지 마세요. 어제 일은 사과했잖아요."

"……사야 씨는? 오늘은 안 와?"

일단 루리의 말을 들은 체 만 체하며 유우토는 그녀의 사촌 언니를 찾았다.

이 거침없이 들이치는 소녀의 고삐를 잡을 수 있는 귀중한 인물이라서 그런 것도 있지만, 역시 어제 사야가 위그드라실에 대해 알아차린 **뭔가**가 자꾸만 신경이 쓰였다.

"사야 언니는 어제부터 무슨 어려워 보이는 책이랑 씨름 중이야. 티마 뭐라고 하던데. 그리고 크리 뭐라고도 했고."

"뭐라고가 대체 뭔데……."

"아하하, 외국어라서 영 기억이 잘 안 나네요."

에헤헤, 하고 웃는 루리를 보며 유우토는 깊은 한숨을 내쉬었다.

아마 위그드라실의 수수께끼를 풀 수 있는 귀중한 열쇠임이 분명한데, 이래서는 도대체 무슨 소리를 하는지 전혀 알 수가 없었다.

"아무튼 뭔가 알아내면 사야 언니가 먼저 연락을 할걸요."

"음, 하긴 그렇겠다."

별 대수롭지도 않다는 그 대답에 유우토도 동의했다.

기원전의 생활을 실제로 경험해봤다고는 하지만, 유우토는 고고학 분야에 대해 아는 것이 전혀 없었다. 전문가한테 맡기는 편이 제일 무난하리라.

즉, 떡은 떡집에 맡겨야 낫다는 말이다.

"그것보다~."

유우토가 손에 들고 있는 보따리에 시선을 주며, 루리가 입맛을 추르릅 다셨다.

그 모습에 미츠키가 키득거리며 웃었다.

"후후, 못 기다리겠나 보구나? 지금 바로 준비할게."

"와아아."

천진하게 만세를 하는 루리 옆에서 미츠키는 유우토한

테 보따리를 받아 보자기 매듭을 풀었다.

그 안에 나타난 건 검은 옻칠을 한 4단짜리 찬합이었다.

미츠키는 그걸 한 단씩 들어내면서 돗자리 위에 펼쳐놓았다.

"우오오오! 맛있겠다!"

루리가 감탄의 함성을 내질렀다.

아주 사나이처럼 구는 루리를 보고 살짝 걱정이 된 유우토였지만, 그 심정을 모르는 바는 아니었다.

찬합 안을 알록달록 물들인 내용물은 햄버그에 닭튀김, 방어 데리야키 등등 유우토가 좋아하는 음식들뿐이었다.

형태도 참 예쁘장한 게 무슨 요리책 사진에 실린 것 같은 음식 수준이라서 굉장히 맛있어 보였다.

"이거 아주머니가 만드셨어?"

"아니, 내가 했어."

유우토의 물음에 별것도 아니라는 식으로 미츠키가 대답했다.

유우토는 저도 모르게 눈을 휘둥그렇게 떴다.

"이거 먹을 수 있는 거 맞지?"

"우으, 너무해! 이래 봬도 내가 요리는 좀 한단 말이야."

"하지만 예전에 네가 나한테 흙으로 만든 경단을 먹이려한 적이 있었잖아."

"대체 그게 언제 적 얘기야!"

"스오 오빠, 미츠키가 진짜 요리를 잘해요. 내가 남자라면 바로 사귀자고 할 수준이라고요."

유우토의 소매를 슬쩍 잡아끌며 루리가 진지하게 말했다.

"정말로? 밸런타인데이 때 거품이 부글부글 끼어서 독극물처럼 보이는 수제 초콜릿을 가지고 왔던 그 미츠키가……."

"그러니까 언제 적 얘기를 하는 건데! 됐어. 유우토 오빠한테는 안 줄 거야. 루리, 우리 둘이서 다 먹자."

그렇게 말하며 미츠키는 유우토 앞에 놓인 음식을 루리 앞으로 바로 끌어다 놓았다.

"아싸!"

"야, 미츠키. 여기까지 와서 날 얼마나 고통스럽게 할 셈이냐. 농담이야, 농담이라고."

여러 가지 일 때문에 현대로 돌아온 후에도 제대로 된 음식을 맛보지 못한 유우토였다.

그뿐만 아니라 이건 좋아하는 애가 직접 만든 요리다.

솔직히 말해서 먹고 싶어 견딜 수가 없었다. 그냥 보기만 했는데도 입 안에 군침이 한가득 고일 정도였다.

그럼 처음부터 놀리지 않았으면 될 일이지만, 이런 건 예전부터 그래왔던 버릇이 있어서 미츠키에게 자꾸만 무의식적으로 이런 장난을 치게 된다.

"정말 미안하다니까. 사과할 테니까 좀 먹게 해주라."

"몰라."

유우토가 완전 항복의 저자세로 열심히 사과를 했지만,

미츠키는 뺨만 빵빵하게 부풀리며 고개를 홱 돌려버렸다.

완전히 토라진 모양이다.

유우토는 어쩌면 좋을까 고민을 하던 찰나였다.

"우와아, 대담하기도 하지. 미츠키가 직접 먹여주면 좋겠대."

"뭐어어어어?!"

아무래도 빈틈을 엿보고 있던 루리가 던진 폭탄 발언에 이제까지의 분노는 어디로 다 날아갔는지 얼빠진 비명을 지르는 미츠키.

"어, 어어, 아니, 그런 뜻이 아니라!"

유우토가 당황하여 변명했다.

"유, 유우토 오빠, 내가 먹여주면 좋겠어?"

"아, 그게……."

미츠키가 얼굴을 발그레하게 물들이며 꼼지락거리면서도 열기가 담긴 눈으로 이쪽을 빤히 쳐다보는 통에 할 말을 잃고 말았다.

"그, 그럼 유우토 오빠가 좋아하는 닭튀김부터…… 아, 아앙~."

유우토의 허락을 기다리지도 않고, 미츠키가 도시락 안에서 바삭바삭하고 갈색으로 잘 익은 닭튀김을 젓가락으로 집어 유우토에게 내밀었다.

솔직히 달려들어 덥석 먹어버리고 싶은 마음이었지만, 아무래도 옆에서 히죽거리는 다른 한 명의 소녀의 시선이 따가웠다.

"아, 안 먹어줄 거야?"

"아, 아니, 그게."

루리 쪽을 흘끔거리면서 유우토는 은근히 그녀가 방해라는 식의 뜻을 내비쳤다.

그러나 루리는 전혀 그런 걸 알아차리지 못했나 보다.

"펠리시아 씨나 지크루네 씨한테는 아앙~ 해서 받아먹었으면서!"

"잠깐?!"

"잉그리드 씨나 리네아 씨한테도 그렇게 받아먹었으면서!"

"너, 그걸 지금 말하는 건…….."

"(히죽히죽)"

루리의 저 음흉한 미소가 약을 바짝 올렸다.

아마 남자라면 대번에 한 대 쳤을지도 모른다.

"아이참! 아까부터 루리만 쳐다보고! 뭐야? 루리가 먹여주길 바라는 거야?!"

"아니야! 그보다 미츠키, 너 너무 흥분한 거 아니냐…….."

"그, 그렇게 내가 아앙~ 해서 먹여주는 게 싫어?"

이번에는 울먹거리기까지 했다.

이제 말은 통하지도 않을 것 같다.

이제 끝났다는 생각에 유우토는 그냥 체념하고 말았다.

여자의 최대 무기는 눈물이라고 하는데, 그 말이 참말이

다. 그것도 좋아하는 여자의 것이라면 더더욱이다. 꾹 참고 패배를 받아들일 수밖에 없었다.

"알았어."

각오를 단단히 하고, 유우토는 미츠키가 내밀고 있는 닭튀김을 받아먹었다.

찰칵!

그 순간을 노리기라도 한 것처럼 스마트폰을 겨누고 있던 루리는 결정적인 장면을 낚아채어 가는 데 성공했다.

"아, 잘 먹었다. 정말 맛있었어!"

두 손을 모아 감사 인사를 하고, 유우토는, 만족스럽게 배를 툭툭 두드렸다.

네 개나 있던 찬합은 이제 텅 비었다.

루리의 말대로 미츠키의 요리는 정말 수준급이었다. 거기에 3년 만에 그토록 그리워했던 일본적 맛이 절묘한 스파이스가 되었다.

걸신이라도 들린 듯이 젓가락을 움직이다가 정신을 차리고 보니 절반 이상은 유우토가 다 먹어버렸다. 그러니 배도 부를 수밖에 없었다.

"잘 먹어줘서 고마워. 자, 여기 차."

미츠키가 살며시 물병에 딸린 컵에 차를 담아 주었다. 보온병인지 흰 김이 몽실몽실 피어오르고 있었다.

"오, 고마워."

컵을 받아들고 한 모금 마시면서 한숨을 푹 내쉬었다.

그리고 별 뜻 없이 그저 주변 풍경에 눈길을 주었다.

"완전 평화 그 자체구나."

무엇보다 모든 것이 풍요롭고 편리했다.

집에서 공원까지는 걸어서 한 시간 정도 걸리는 거리지만, 버스를 타면 금방 도착한다.

강까지 물을 길으러 가지 않아도 근처에 있는 자동판매기에 가면 온갖 음료를 얻을 수 있다. 게다가 상온의 것이 아니라 차가운 것도, 뜨거운 것도 얼마든지 골라도 된다.

어린 아이들은 글로브를 한 손에 끼고 캐치볼을 하거나 축구공을 서로 차기도 하고, 또 어떤 아이들은 휴대용 게임기로 놀기도 한다.

3년 전에는 이게 당연했다.

그러나 지금은 어쩐지 위화감만 느껴졌다. 이걸 당연히 받아들일 수 없게 되었다.

위그드라실의 사람들의 생활을 알게 되었으니 말이다.

자꾸만 그 풍경이 매우 숭고하게만 보였다.

"응, 여기는 평화로워. 유우토 오빠는 이제 싸우지 않아도 괜찮아."

"읏! ……그렇, 지. 이제 돌아왔으니까 그 피비린내 나는 짓을 하지 않아도 되는, 구나……."

새삼 깨달았다는 것처럼 유우토는 중얼거렸다.

"유우토 오빠는 지금까지 열심히 《늑대》들을 위해 힘을 보탰어. 그러니까 이제 마음 놓아도 돼."

그렇게 말하며 미츠키가 유우토의 손을 꼭 쥐었다.

마치 이 세계에 유우토를 단단히 붙잡아두려는 듯.

"아, 그래. 그렇긴, 하지만."

미츠키의 체온에 안도감을 느끼면서도 유우토는 당황스러웠다.

누군가와 서로 죽고 죽이는 행위 자체가 질색이었다. 싸우지 않고 지내는 편이 제일 좋다고 여겨왔다.

그러나 **나 홀로** 평화로운 세상에 있다니 묘한 죄책감이 들었다.

동료들이 지금 현재 목숨을 걸고 전쟁을 벌이고 있는데 자신만 느긋하게 맛있는 음식이나 먹고 벚꽃 구경이나 하면서 평화를 만끽해도 되는가 싶어서.

"유우토 오빠, 가자!"

"어, 으아앗."

갑자기 손등에서 미츠키의 손이 멀어지는가 싶더니 이번에는 손목을 잡혀 끌려갔다.

"다녀오세요~. 난 여기서 짐이나 지키고 있을 테니까."

살랑살랑 손을 흔드는 루리의 배웅을 받으면서, 유우토는 질질 끌리다시피 하여 거리 쪽으로 가게 되었다.

노란색 텐트를 친 노점상들이 즐비하게 늘어선 길가에는 손님을 부르는 시원하고 힘찬 목소리가 오가는 중이었다.

미츠키는 그중 한 곳인 과녁 맞히기 게임을 하는 노점에 눈길을 주었다.

"아저씨, 한 게임 할게요."

"그래. 세 발까지 쏠 수 있단다."

"자, 유우토 오빠."

그렇게 말하며 미츠키는 코르크를 쏠 수 있는 총을 받아 그대로 유우토에게 건네주었다.

"유우토 오빠, 나 저 멍멍이 인형을 갖고 싶어."

그러더니 생글생글 웃으며 위에서 두 번째 진열대에 자리한, 도깨비불 같은 눈썹을 단 희한하게 생긴 인형을 손가락으로 가리켰다.

유우토가 보기에는 고양이처럼 보였지만, 미츠키가 개라고 하니 그냥 개라고 생각하기로 했다.

"아……, 어어……."

미츠키의 강요에 유우토는 코르크 총과 미츠키의 얼굴을 교대로 보며 멍하게 서 있기만 했다.

"같이 놀자, 유우토 오빠. 지금까지 놓쳤던 것들을 다시 되찾아야지. 오빠는 아직 17살도 채 되지 않았다고."

"……그렇구나. 그래. 난 아직 16살이었지."

고개를 끄덕이며 유우토는 코르크 총을 쥐고 자세를 잡았다.

모처럼 하는 꽃구경이다.

오늘 정도는 복잡한 것 따위로 고민하지 말고 즐겁게 놀아도 벌을 받지는 않으리라. 오히려 실컷 즐겁게 노는 것이야말로 도시락까지 싸 오며 외출을 권한 미츠키에 대한 예의일 것이다.

"잘 쏴야 해~. 전부터 저 인형을 갖고 싶었단 말이야."

"그래, 그래."

유우토는 미츠키가 지명한 개 인형에 총을 조준한 다음, 겨드랑이를 꽉 조여 총신이 흔들리지 않도록 고정하면서 방아쇠를 당겼다.

포옹, 하는 힘찬 소리와 함께 코르크가 총신에서 튀어나가더니——

목표물이었던 개 인형 바로 앞에서 속도가 떨어지더니 두 번째와 세 번째 진열대 사이에 뚫린 공간으로 쑥 들어가고 말았다.

"아, 빗나갔네!"

"아하하, 아직 두 발 남았단다. 자, 여자 친구한테 멋진 모습을 보여줘야지."

"네에?! 여, 여자 친구라니."

두 뺨에 손을 대며 얼굴을 발그스름하게 붉히는 미츠키.

그러나 이미 사격에 집중하고 있는 유우토의 귀에는 두 사람의 대화는 들리지도 않았다.

지금 한 발로 보아, 총에서 공급되는 가스는 상당히 약한 모양이다. 사람 좋아 보이는 얼굴을 하고 있지만, 이것도 엄연한 장사다. 그렇게 간단히 경품을 따내게 놔둘 수는 없는 노릇이다.

"음, 일단 해보는 데까지 해볼까."

유우토는 인형의 살짝 위쪽을 조준하며 발포.

하지만 그래도 코르크는 또 다시 인형 바로 아래를 빠져 나갔다.

"아아, 유우토 오빠, 진짜 못한다~. 좀 더 잘 노려봐."

미츠키가 옆에서 불평을 터뜨렸다.

그걸 흘려들으며, 유우토는 더욱 총신을 위로 들면서 세 발 째를 쏘았다.

코르크는 완만한 포물선을 그리며 인형의 머리를 멋지 게 명중시켰다.

"와아, 성공했다!"

미츠키가 두 주먹을 번쩍 치켜들며 환호하는 와중, 인형 은 흔들거리더니 뒤편으로 툭 떨어졌다.

"오오, 너 솜씨가 꽤 좋구나. 내가 졌다."

"하핫, 우연이에요."

하는 수 없다는 식으로 고개를 저으며 인형을 내미는 가 게 주인을 향해 유우토는 어깨를 으쓱해보였다.

처음 한 발로 가로 조준이 딱 맞았던 게 행운이었다. 남 은 건 위아래로 미조정만 하면 될 일이었다.

가로세로 전부 조준을 맞추려고 했다면, 역시 세 발로는 부족했으리라.

"자, 여기 있다."

가게 주인한테서 받은 인형을 미츠키에게 휙 던져 주었다.

"아, 아앗! 오빠, 그렇게 던지면 어떡해."

황급히 인형을 끌어안으면서 미츠키가 뺨을 불만에 차서 부풀렸다.

그러나 인형과 마주한 순간, 헤실거리며 함박웃음을 지었다.

"그게 그렇게나 갖고 싶었어?"

"갖고 싶었던 건 맞는데, 어, 그게, 꼭 그게 다는 아니고."

"? 왜 그래?"

묘하게 말을 빙빙 돌리는 미츠키에게 유우토는 의아하다는 듯 물었다.

미츠키는 그다음 말을 하길 주저하는 것처럼 시선을 이리저리 헤맸다.

"유, 유우토 오빠가 따서 준 거니까."

가슴에 인형을 꼭 끌어안으면서 무슨 결심이라도 한 듯 유우토를 올려다보며 말했다.

"그, 그렇구나."

"그, 그런 거야."

그러면서 유우토와 미츠키는 서로 마주 본 채 얼굴을 발갛게 물들이며 고개를 푹 숙여 버렸다.

너무너무 부끄러웠다.

낯간지러워서 견딜 수가 없었다.

하지만 은근 기분은 나쁘지 않았다.

"거기, 너희들. 뜨거운 연애도 좋지만 이거 장사에 방해가 되는데 말이지. 이제 과녁 맞히기 안 할 거면 다른 곳에 가줄래?"

""죄, 죄송합니다!""

주변에 보는 사람들의 눈이 많다는 곳임을 알아차린 두 사람은 허둥지둥 그 자리를 떠났다.

"벚꽃이 정말 예뻤어. 매년 보는데도 전혀 질리지 않아."

집으로 향하는 어둑한 길을 걸으며 미츠키가 감탄 어린 한숨을 내쉬었다.

즐거운 시간은 빨리 지나간다고 하더니, 그 후에 노점들을 돌아보거나 공원을 산책하기도 하고, 루리까지 끼여 잡담하거나 배드민턴을 치는 둥둥 노는 사이에 순식간에 날이 지고 말았다.

"그러게."

유우토가 보기에는 자신을 향해 기쁘게 미소를 짓는 미츠키가 더 예쁘고 귀여웠지만, 그 말까지 꺼내는 것은 자중하면서 그저 무난하게 고개만 끄덕였다.

너무 젠 체하며 작업이라도 거는 것 같아 부끄러웠다. 그러나 틀림없는 진심이기도 했다.

"기왕이면 야간 꽃구경이라도 할 걸 그랬어."

눈을 꼭 감고 예전에 봤던 광경이라도 떠올리는지 황홀

해 하는 미츠키.

밤에는 하치오 공원의 벚나무 주변에 불이 들어와서 낮과는 또 다른 정취를 즐길 수 있다고 한다.

있다고, 라고 하는 이유는 사실 유우토가 아직 한 번도 이곳의 밤 벚꽃 구경은 해본 적이 없기 때문이다. 현지에 사는 사람은 의외로 동네의 명소에 잘 가지 않는 경우가 많다.

그렇게까지 미츠키가 아쉬워하는 모습을 보니, 구경해 보고 싶기도 했다.

"어쩔 수 없잖아. 너 통금 시간도 있으면서."

"우으으~, 그렇지만~, 그렇긴 하지만~."

"그리고 얼마 전에는 불가항력이었다고는 하지만, 한밤 중에 네 방에 침입해서 실례를 했잖아. 거기에 또 통금까지 어기면 너희 가족이 나에 대해 더 나쁘게 평가할지도 몰라."

한밤중에 과년한 딸의 방에 들어오는 남자를 보고 좋은 인상을 품는 부모는 없을 것이다. 경찰에 신고 당하지 않은 것만으로도 행운이 아닌가 싶을 정도였다.

"더 나빠지지는 않을걸?"

"……역시 이미 평가가 바닥을 쳤나 보구나?!"

"그게 아니야. 우리 엄마는 아들도 원해서 유우토 오빠 같은 아들이 있었으면 좋겠다고 자주 말했다고."

"그건 3년 전의 얘기잖아."

"지금도 마찬가지야. 오히려 평가가 좋아졌는걸. 굉장히 멋진 남자가 되었다며 칭찬했어."

"……내가 꽃미남이라도 된 건 아닌데, 아주머니는 이런 얼굴을 좋아하시는 거야?"

"후후, 그럴지도. 우리 엄마니까. ……앗."

그렇게 말하다가 미츠키는 무슨 말실수라도 한 것처럼 손으로 입을 눌렀다.

자신 역시 그 얼굴이 취향이라는 뜻과 같다는 것을 이제 와서 알아차렸나 보다.

그걸 바로 얼버무리는 변명이라도 나올 것이라고 유우토는 예상했지만, 미츠키는 아랫입술만 꽉 깨물며 뭔가 결심이라도 한 눈동자로 유우토를 올려다보았다.

"있잖아. 낮에 루리가 했던 질문의 대답, 지금 알려주면 안 돼?"

"뭐?"

갑자기 무슨 말을 하는지 이해하지 못하다가 바로 그 뜻을 알아차렸다.

미츠키를 어떻게 생각하고 있는가?

"대답해줘."

희미한 목소리로 그렇게 말한 후, 미츠키는 살며시 눈을 감았다.

그 의도를 모를 정도로 유우토도 둔감하지는 않았다.

미츠키를 어떻게 생각하고 있는가.

곰곰이 따져볼 필요도 없다. 위그드라실로 가기 전부터 줄곧 그녀를 좋아했으니 말이다.

다만 현대로 돌아갈 때까지는 그 고백을 하지 않겠다고 다짐했었다.

살며시 미츠키의 어깨에 손을 얹었다. 미츠키의 몸이 흠칫 떨리는 동시에 그녀의 긴장이 명백히 전해져왔다.

이렇게 서로 맞닿을 수 있으니 느낄 수 있는 감각이었다.

이제 두 사람 사이를 가로막는 시공의 벽은 존재하지 않았다.

자신의 감정을 억누를 필요도 없다.

그런데도 왜 이렇게 망설임이 생기는 걸까?

머리를 한 번 내저으며 용기 없는 자신을 가슴 속에서 내쫓았다.

"미츠키……."

결심을 하고, 자신의 마음을 고무시키기라도 하는 것처럼 연모하는 이의 이름을 부르며 유우토는 살며시 그녀의 입술 쪽으로 얼굴을 가까이 가져가려고 하는데——

딴, 따라라란, 딴따다단♪

아주 조금만 더 가면 입술이 닿을 순간, 갑자기 미츠키의 스마트폰의 벨소리가 울리는 바람에 두 사람은 화들짝 놀라 수줍어하며 얼른 서로에게서 떨어졌다.

"어, 그게, 저어……."

"……일단 전화부터 받아."

"으, 응."

당황하는 미츠키에게 유우토는 전화를 받으라고 재촉했다.

허둥거리며 가방에서 스마트폰을 꺼내는 미츠키를 흘끔거리며 유우토는 크게 한숨을 내쉬었다.

아직도 심장이 쿵쾅거렸다.

기분이 고양되고 진정도 되지 않았지만, 그래도 그게 싫지는 않았다.

하지만 그런 들뜨고 새큼한 감정은 미츠키가 이다음에 한 말로 **싹 날아가 버렸다.**

"유우토 오빠, 무슨 외국어라 이해는 안 되는데 오빠를 부르는 것 같아. 유우토, 유우토 하고."

"앗! 펠리시아! 펠리시아야?!"

미츠키에게 스마트폰을 잡아채듯 받아들고 유우토는 자신의 스마트폰을 건네준 상대의 이름을 불렀다.

"그 목소리! 유우토! 유우토야?!"

"잉그리드?!"

수화기 속 목소리는 금발의 부관이 아니라 든든한 동료인 붉은 머리 소녀의 것이었다.

"왜 네가……."

"쌍둥이가 이걸 전해줬거든."

"……아아, 그렇구나."

그걸로 유우토는 사정을 어느 정도 파악했다.

한시라도 빨리 연락을 취하기 위해 《늑대》 최고의 각력을 가진 쌍둥이를 이아른비드에 있는 잉그리드에게 전해 주었다는 뜻이었다.

유우토도 하루를 천 년 같은 마음으로 연락을 기다리긴 했지만, 참으로 현명한 판단이었다. 역시 유우토가 전폭적인 신뢰를 보내는 부관 펠리시아다웠다.

"그래서! 지금 전황은 어떻게 됐어?! 가시나는?!"

자신이 사라졌다는 소식이 전해진 이아른비드 쪽도 궁금하긴 했지만, 역시 제일 걱정되는 것은 가시나 요새 근처에 포진했던 군이었다.

《늑대》군은 총대장이 자리에 없다는 사실이 전해진데다, 여전히 전쟁터 한가운데에서 싸워야 하는 상태다. 그야말로 벼랑 끝에 내몰린 상황이라고 할 수 있었다.

유우토가 마른 침을 삼키는 중, 잉그리드가 작게 한숨을 쉬고 나서 말했다.

"졌대. 밤에 습격을 받아서 『짐수레 요새』도 무너졌다고……."

"웃! 그, 그럼 군의 다른 사람들은?! 루네나 펠리시아는 어떻게 됐어?"

"일단 다들 가시나 요새 안으로 도망쳐서 버티는 중인 것 같아."

"그, 그렇구나."

유우토는 안도의 한숨을 내쉬었다.

"하지만 그것도 이틀 전의 일이니까 지금은 어떻게 되었을지……."

"윽!"

그랬다.

현대와는 달리 위그드라실의 정보는 리얼타임으로 얻을 수 없다.

그리고 상대는 트레뷰셋을 가진 《표범》과 《분쇄하는 것》의 룬을 가진 스테인토르를 앞세운 《천둥》.

그런 작은 요새 정도는 이 두 씨족 앞에서는 아무런 장해물도 되지 않을 것이다.

생각하면 할수록 불안만 눈덩이처럼 불어났다. 유우토도 마음 같아서는 당장이라도 쫓아가고 싶었다.

하지만——

유우토는 앞쪽으로 시선을 돌렸다.

그곳에는 줄곧 보고 싶었던, 그 온기를 느끼고 싶었던 소녀가 불안한 눈동자로 이쪽을 바라보고 있었다.

◆

콰아앙! 우르르르르…….

하늘에서 쏟아져 내리는 거대한 바위로 인해 가시나 요새의 성벽은 무서운 소리와 함께 허망하게 무너졌다.

"우오오오! 돌격하라!"

"깡그리 다 죽여 버려라!"

이어서 매서운 함성소리와 함께 《표범》과 《천둥》의 병사들이 요새 안으로 물밀듯이 쏟아져 들어왔다.

"왔구나!"

요새의 테라스에서 주변을 훑어본 후, 올로프는 입고 있던 갑옷을 철컥하고 울렸다.

지금 가시나 요새를 둘러싼 《표범》과 《천둥》 연합군은 약 15,000 정도. 가시나 요새를 지키는 《늑대》군은 총 500명에 불과했다.

무리 농성전이 5배, 10배의 적을 상대로 버틸 수 있다고 해도 그 수가 30배 이상이나 되면 승산이 없는 것과 마찬가지다.

게다가 적군에는 트레뷰셋이라는 시대를 초월한 공성 병기까지 있으니 더욱 불리했다.

《늑대》에는 패색이 너무 짙어 일말의 승기도 보이지 않았다.

"공격, 공격, 공격!"

"이 앞으로는 한 발자국도 나아가지 못한다!"

"앙그르보다여! 저에게 힘을 주소서!"

"우리 《늑대》군의 저력을 똑똑히 보아라!"

그럼에도 불구하고 가시나 요새를 지키는 《늑대》 병사들의 사기는 한없이 높았다.

그도 그럴 수밖에 없다. 그들은 모두 자진하여 사지에

남은 병사들이기 때문이다.

자신들의 목숨을 걸고서라도 본대를 지키겠다며 이 결사대에 남은 용사들이었다. 이미 굳은 각오를 한 데다, 패전이 확실하다는 상황을 받아들였기에 이제 와서 움츠러들 이유도 없었다.

오히려 조금이라도 모두를 도망치게 할 시간을 벌기 위해 전의를 불태우느라 수적으로 불리해도 짓쳐들어오는 적병들을 차례로 쓰러뜨렸다.

"후후, 2년 전의『이아른비드 농성전』이 떠오르는군."

병사들의 분투를 내려다보면서 올로프는 그립다는 듯 입가에 미소를 지었다.

그때도 지금과 마찬가지로 절망적인 상황에서 벌어진 전투였다. 올로프도 당연히 그 전쟁에 참가했었다.

모두가 포기하던 중에도 유우토만큼은 희망을 버리지 않고, 트레뷰셋과 일식을 이용한 기적의 대승리를 안겨다 주었다.

그때의 승리를 돌이켜보면 지금도 감동으로 몸이 떨렸다. 그 승리부터 《늑대》의 번영이 시작되었던 것이다.

"아버님이라면 이 열세도 뒤집어엎을 수 있을 터인데."

지금은 강한 기백으로 적을 압도하고 있으나 그래봤자 사력을 다하고만, 궁지에 몰린 상황 속에서 뿜어내는 초인적 힘이니 그리 오래 가지도 못하리라.

조만간 적의 공세에 버티지 못하고 무너질 것은 뻔했다.

자신 따위는 신이 내려준 승리의 아들인 유우토처럼 똑같이 기적을 일으킬 수는 없다.

"허나 나한테도 오기가 있다. 큰 패배의 오명을 쓴 채로는 죽어도 눈을 감을 수 없지. 《표범》이여, 병사의 수가 적다고 하여 요새를 쉽게 함락시킬 수 있다고 착각하지 마라. 끝까지 발악에 발악을 해줄 테니."

"이런, 뭘 그렇게 꾸물거리는 거냐?! 적은 겨우 몇백에 불과하지 않으냐."

한편 《표범》의 본진에서는 쉽게 함락되지 않는 가시나 요새 때문에 흐베드룽그가 짜증을 내고 있었다.

이래서는 먼저 도주한 《늑대》의 본진을 놓치게 된다.

이번에 완전히 승리를 장악하여, 앞으로의 《늑대》 공략을 원활하게 진행하기 위해서라도 타격을 줄 수 있을 때 철저히 박살을 내두고 싶었다.

"이럴 거면 요새 공략은 《천둥》에게 맡기고, 얼른 《늑대》나 쫓을 걸 그랬군."

이 정도의 요새라면 금방 점령할 줄 알았던 만큼 예상이 빗나가도 한참을 빗나간 꼴이 되었다.

이제 《표범》과 《천둥》 연합군의 승리는 흔들림 없이 확실해졌기에, 더 견실하게 수를 쓰려고 했던 것이 오히려 문제를 만든 모양이다.

그렇지만 이제 와서 후회해봤자 어쩔 도리도 없다.

"칫, 붉은 머리 형제가 들이치기만 했어도 바로 끝났을 것을."

흐베드룽그는 분노에 차서 말을 내뱉었다.

《천둥》의 종주, 스테인토르는 병사의 지위를 오른팔이자 부종주 보좌인 티얄피에게 맡기고, 그저 강 건너 불구경이나 하기로 마음을 정한 듯했다.

참으로 변덕스러운 남자였다.

만약 양자나 의제에 해당하는 자라면 너도 전선에 가담하라고 명령을 할 수 있지만, 두 사람의 잔은 똑같이 절반으로 나누어 서배식을 치렀다. 대등한 위치에 있는 종주에게 막무가내로 명령을 할 수는 없는 노릇이다. 《천둥》군도 공성에 참가하지 않는 것도 아니기에 더더욱 입을 다물 수밖에 없었다.

그 결과, 결정적인 수단도 없이 그저 공략에 질질 시간만 끄는 판국이었다.

그러나 이대로 공격만 해댈 수는 없는 노릇이다.

"공성대, 좀 더 바위를 마구 집어 던져서 침입 경로를 넓히도록 해라. 단번에 들이치는 거다. 이 이상 시간을 끌면 포상은 없다고 생각해라!"

흐베드룽그의 호령에 《표범》의 병사들이 더욱 기세를 높여 가세나 요새로 쏟아져 들어갔다.

그래도 가시나 요새의 《늑대》의 병사는 버텼다.

버티고, 또 버텼다.

아침 일출과 함께 공격을 개시했음에도 불구하고, 태양이 서쪽 하늘을 물들이기 시작할 즈음까지 시간이 흘러도 저항은 꾸준히 이어졌다.

30배나 되는 병력 차이와 뛰어난 공성 병기의 존재를 고려하면, 참으로 경이적이라고 밖에 할 수 없는 독한 끈기였다.

허나 역시 요새는 대부분 《표범》이 제압하였고, 남은 건 성주의 방에 틀어박혀 있는 적장의 목을 따내는 일뿐이었다.

입구를 사수하던 병사들을 쓸어버리고, 흐베드룽그는 수하의 병사들과 함께 방으로 쳐들어갔다.

"이야아아압!"

순간 날카로운 기합소리와 함께 흰머리가 희끗희끗한 장년의 남자가 검을 크게 휘두르면서 《표범》 병사 한 병을 베어 넘겼다.

그 장년의 남자는 여전히 멈추지 않고 검을 휘둘러 과감히 공격을 퍼부어 《표범》의 병사들을 차례로 때려눕혔다.

이미 남자는 만신창이였다.

이마와 복부에 감긴 붕대에는 피까지 서서히 배어 나오는 중이었다. 몸에 두른 갑옷도 온통 흠집으로 가득해서 그가 여기까지 얼마나 격전을 치러왔는지 설명해주는 것만 같았다.

안색도 창백해서 이제 거의 숨도 넘어가기 일보 직전의 몸이었지만, 눈빛만큼은 죽지 않고 오히려 이 상황에서 더욱 투지로 활활 타올랐다.

그 기백에 눌려 한 명, 또 한 명 《표범》의 병사들이 무너져갔다. 도대체 이 상처투성이의 몸 어디서 그런 힘이 솟구치는지 의문이 들 정도의 맹공이었다.

하지만 역시 머릿수를 감당하기는 힘들었다.

새로운 《표범》의 병사를 베어 넘겼을 때, 또 다른 《표범》 병사가 나타나 장년의 남자와 맞붙었다. 그리고 또 다른 병사가 달려들더니 그대로 체중을 실어 남자를 눌러 제압했다.

"꽤나 수고스럽게 만드는군."

붙들린 장년의 남자—— 올로프를 내려다보면서 흐베드룽그는 차갑게 말했다.

이 때문에 《늑대》의 본대는 완전히 놓쳐버리고 말았다. 지금부터 쫓아가봤자 이미 늦었다. 참으로 속이 터질 지경이었다.

"허나 겨우 이 몇백의 군사로 이렇게까지 버티다니. 적이지만 대단하다고 칭찬하지 않을 수 없군. 어때? 내 휘하에 들어올 마음은 없나?"

"그 목소리, 네놈은 롭트군. 어쩐지 왜 《표범》이 트레뷰셋을 갖고 있나 했다."

부모의 원수라도 보는 것처럼—— 사실 그렇긴 하지

만──올로프가 그 눈동자에 적개심을 가득 담아 노려보았다.

"그랬었나. 이전의 이름 따위는 잊었다만."

입매를 씩 끌어올리는 흐베드룽그.

여기에는 양자들의 눈과 귀도 있다. 부모를 살해한 대역죄인임을 쉽게 인정할 수는 없었다.

그러나 오랫동안 알고 지낸 올로프는 흐베드룽그의 그 가면 속 정체에 대한 확신이 선 모양이었다.

"어디 길바닥에서 죽을 인간이 아니라는 건 알았지만, 설마 《표범》의 종주 자리를 차지하고 있을 줄이야."

"후후후, 옛이야기 따위는 하고 싶지 않아. 다시 한번 말하지, 올로프. 내 잔을 받을 마음은 없는가?"

"뭣이라?"

"예전부터 네 능력을 높이 사고 있었다. 너라면 부종주 보좌의 자리를 맡겨도 될 것 같은데, 어때?"

흐베드룽그는 몸을 숙여 올로프의 얼굴을 바라보며 말했다.

《표범》은 유목을 생업으로 하는 씨족이다. 그런 이유에서인지 지역을 다스리는 수완이 그리 좋지 않다.

급속하게 판도를 넓히며 농업지역에도 진출하기 시작한 《표범》에게 있어 올로프처럼 유능한 행정관이 무척이나 필요했다.

"뭣."

그러나 흐베드룽그의 제안은 내뱉은 침과 함께 나가떨어지는 결과가 되었다.

흐베드룽그는 어금니를 꽉 깨물면서도 권유를 포기하지 않았다.

"잘 생각하는 게 좋을걸. 이걸 거절하면 네놈 앞에서 기다리는 건 죽음뿐이니까."

"바라던 바다. 죽이려면 죽여라. 내 부모님은 천하의 대영웅, 스오 유우토 오직 한 분뿐! 그 직배라는 최고로 파격적인 잔을 받았는데, 네놈 같은 소인배의 잔을 받아야 하다니. 헛소리도 작작 지껄여라."

"흥, 잘도 짖어대는구나!"

흐베드룽그는 허리에 검을 뽑아 들더니 단칼에 올로프의 목을 베어버렸다.

베고 싶어서 벤 것은 아니었다.

양자들 앞에서 침 세례나 받고 이런 악담을 들었다. 당장 베지 않으면 종주의 체면이 서지 않으니 처단을 내릴 수밖에 없었다.

나뒹구는 목을 내려다보며 흐베드룽그는 말을 내뱉었다.

"그럼 발할라에서 실컷 보거라. 이 내가 이아른비드를 깡그리 불태우는 모습을 말이야!"

"헉!"

의식을 되찾자마자 지크루네는 벌떡 몸을 일으켜 주변을 확인했다.

아무래도 자신은 마차 위에서 잠들어 있었나 보다.

전후좌우에는 병사들이 줄줄이 늘어서서 걸음을 옮기는 중이었다. 하나같이 잔뜩 지친 얼굴로, 고개를 풀썩 떨구고 있기만 했다.

조금 시선을 멀리 돌려보자 시야 한 면에 평온한 초원이 펼쳐져 있고, 저 멀리 전방에 우뚝 솟은 산봉우리들이 희미하게 보였다.

"여기는……?"

"아, 이제 깨어났구나."

익숙한 목소리에 뒤를 돌아보니 펠리시아가 담요를 덮은 채 짐수레 가장자리에 몸을 기대고 있었다. 손에 쥐어진 종이 다발을 보니 뭔가 글을 적고 있었던 모양이다.

그걸 옆으로 살며시 치우며 펠리시아는 말을 이었다.

"넌 하루 종일 죽은 듯이 잤어. 계속 싸우기만 했으니까 많이 피곤했던가봐. 너무 그렇게 무리하면 안 돼."

"하루 종일?! 그럼 《표범》은?! 올로프 오라버니는?!"

"올로프 님은 패전의 책임을 지겠다면서 우리를 도망치게 하고, 얼마 안 되는 군사들과 함께 가시나 요새에서 끝까지 후방을 지키셨어."

그리고 잠시 말을 끊더니 펠리시아는 비스듬히 저편으로 시선을 보냈다.

지크루네 역시 고개를 돌려 그 시선을 쫓으니, 저녁노을
로 물든 하늘 한구석에 수많은 새떼가 날아다니고 있는 모
습이 눈에 들어왔다.

　멀어서 알아볼 수는 없으나 아마도 까마귀이리라. 전쟁
터에서 풍기는 피 냄새를 맡고 사체의 고기를 뜯어먹으려
고 모여드는 것이다.

　"아까까지만 해도 트레뷰셋이 성벽을 때리는 소리와 함
성이 들렸는데, 그것도 더 이상 들리지 않아. 아마 결판이
난 것 같아. 아마 지금쯤⋯⋯."

　"~~으윽!"

　콰아앙! 지크루네가 왼손 주먹으로 짐수레를 내리쳤다.

　짐수레가 흔들릴 정도의 충격만이 그녀의 갈 곳 없는 분
노를 드러내 주었다.

　딱히 올로프와의 친교가 두터웠던 건 아니다. 그래도 그
는 지크루네와 마찬가지로 같은 부모를 가진 의형제이자
가족이었다.

　『얼음꽃』이라고 칭송받던 지크루네라도 그 죽음에 아무
것도 느끼지 못할 만큼 피도, 눈물도 없는 건 아니었다.

　"올로프 님이 너한테 전하라고 한 말이 있어."

　"⋯⋯뭔데?"

　"뒤는 맡긴대. 그게 다야."

　"⋯⋯그렇군."

　그런 짧은 대꾸만 하고, 지크루네는 허리의 검을 뽑아

들었다.

칼자루를 눈높이까지 들고, 검의 몸체를 하늘 높이 치켜세웠다.

전사에게 말은 필요 없다.

그저 조용히 위대한 선인에게 경의를 표하며, 그 명복을 빌었다.

이렇게 《늑대》와 《표범》 및 《천둥》 연합군 사이에 일어났던 『가시나 요새 전투』는 《늑대》의 대패로 막을 내리게 되었다.

《늑대》가 크게 패했다는 소식은 산하의 씨족들을 전율케 했다.

《뿔》의 수도, 폴크방――.

"그게 사실이야?!"

리네아는 도저히 믿을 수 없다는 식으로 되물었다.

겉으로 보기에는 귀여운 외모의 소녀지만, 쾨름트 강과 외름트 강이라는 두 개의 하천 유역의 비옥한 토지를 다스리는 강국 《뿔》의 어엿한 종주이다.

"네! 《늑대》군은 가시나 요새 부근에서 《표범》과 《천둥》 연합군과 교전, 이에 맞서다 크게 패배했다고 합니다!"

"설마 《표범》까지 나섰을 줄이야……."

리네아는 괴롭게 얼굴을 일그러뜨렸다.

《뿔》은 기마군단의 강대한 위협을 누구보다도 절절히 잘 알고 있었다. 그 기동력과 돌격력은 가히 압도적이라고 밖에 표현할 길이 없었다.

그뿐만 아니라 에인헤리아르가 7명이나 달려들어도 이길 수 없었던 《천둥》의 종주, 스테인토르만 해도 그 무서운 용맹은 여전히 기억 속에 생생했다.

이 두 씨족이 손을 잡는다면, 제아무리 「군신」이라고 칭해지는 유우토라도 맞서기 힘들지 않을까 하는 생각도 들었다.

"그, 그래서 오라버니는 무사해?!"

꼭 잔을 나눈 의형이라서만은 아니었다. 그녀에게 있어 유우토는 몇 번이나 《뿔》을 위기에서 구해준 은인이며, 진심으로 존경할 가치가 있는 스승이자 또한 그녀가 연모하는 사람이기도 했다.

그 안부야말로 리네아에게 있어 가장 중요한 사안이었다.

"그, 그것이…… 유우토 님은 이 전투에서 전사하셨다고……."

"뭐라고?!"

리네아의 얼굴에서 핏기가 싹 가셨다. 딱딱거리는 소리까지 내며 이를 떨며 한두 걸음 뒤로 물러났다.

"마, 말도 안 돼! 오, 오라버니는 천상에서 오신 분이잖아. 그분이 돌아가실 리가 없어!"

"허, 허나 그렇게 볼 수밖에 없는 상황입니다."

"말도 안 돼. 거짓말, 거짓말, 거짓말이야!"

리네아는 그저 그 말만 반복할 수밖에 없었다.

머리가 사실을 받아들이는 것마저 거부했다.

"공주님, 정신 차리십시오! 종주께서 그러시면 어찌합니까!"

참지 못하고 옆에서 따끔한 지적을 한 이는 머리가 희끗한 장년의 남자였다.

남자의 이름은 라스무스. 《뿔》의 선대 부종주를 맡고 있었던 《뿔》의 중진이다. 이전에 《천둥》과의 전투에서 입은 부상으로 은퇴를 하여 지금은 리네아의 자문가의 역할을 하고 있다. 리네아에게 있어서는 아버지와도 같은 존재였다.

"하, 하지만 그 오라버니가 전사를 하셨다니…….."

"심정은 이해합니다만, 정신을 차리셔야 합니다! 그래서는 《뿔》을 지킬 수 없습니다!"

"으읏."

라스무스의 말에 리네아의 눈동자에 조금 침착함이 되돌아왔다.

그녀에게 있어 친아버지로부터 물려받은 《뿔》을 지키고 번영시키는 일이야말로 그 무엇보다 우선시해야 할 일이었다. 그걸 다시 떠올렸던 것이다.

"그, 그렇지. 호, 혹시라도 오라버님이 돌아가신 거라면…….."

"네, 혼란은 피하기 어려울 것입니다. 어떻게 하면 이 위기를 이겨낼 수 있을지 바로 대책을 세워야 합니다."

"……응."

리네아도 미간을 좁히며 고개를 끄덕였다.

《뿔》을 비롯하여 《늑대》의 산하로 들어간 씨족들은 몇이나 되지만, 그들은 종주가 되자마자 약소국이었던 《늑대》를 위그드라실 굴지의 대국으로 성장시킨 영웅, 스오 유우토가 있었기에 복종했다는 부분이 컸다.

후계자로 지목되고 있는 《늑대》의 부종주, 요르겐은 결코 무능하지 않은 기량의 소유자이긴 했다. 하지만 그가 산전수전 다 겪은 다른 씨족들의 종주들을 한데 모아 통제할 수 있는가 묻는다면 의문이 들 수밖에 없었다.

"공주님, 혹시 이건 《뿔》에 있어서 절호의 기회일지도 모릅니다."

"뭐?"

"의제의 지위에 있다고는 하나 우리 《뿔》의 국력은 《늑대》에 결코 뒤처지지 않습니다. 그리고 요르겐 님과 나눈 잔은 절반. 굳이 그 휘하에 들어갈 의무도 없습니다. 이 기회에 주도권을 빼앗아 《늑대》를 가로채는 것도……."

"은혜를 원수로 갚으라는 말이야?! 그런 배신을 어떻게 저지를 수 있겠어!"

열화와 같이 분노를 쏟아내는 리네아였지만, 라스무스는 여전히 진지한 표정으로 더욱 강하게 고했다.

"공주님, 깨끗하게만 굴어서는 나라를 통치할 수 없습니다. 《늑대》를 멸망시키자는 게 아닙니다. 힘 있는 자는 약한 자를 다스리는 법. 그게 자연의 섭리입니다. 《뿔》의 미래가 걸려 있습니다. 부디 신중히 고려해주십시오."

"…………."

리네아는 아무 대답도 할 수 없었다.

"흠, 유우토 형님이 천상의 나라로 돌아가셨다, 이 말이지."

리네아와 거의 같은 시각, 딸 크리스티나한테서 온 서간을 통해 《발톱》의 종주, 보드비드 역시 일의 형세를 파악하는 중이었다.

모략가로서 유명한 그도 전혀 예상치 못했던 사태였다.

솔직히 유우토를 잃은 《늑대》가 《천둥》과 《표범》 연합군에 제대로 맞설 힘이 있을 것 같아 보이지는 않았다. 잔을 나눈 의리가 있으니 가급적 지켜주기는 하겠지만, 침몰하는 배에 같이 탈 마음은 전혀 없었다.

《표범》이나 《천둥》으로 갈아탈 것도 염두에 넣을 필요가 있으리라. 줄을 잘 서지 않으면 약소 씨족인 《발톱》이 이 난세에서 살아남을 방도는 없으니 말이다.

"그러면 어떻게 움직여야 좋을까."

서간을 내던지고, 집게손가락으로 책상을 톡톡 두드리

면서 보드비드는 깊은 상념에 잠겼다.

유우토의 부재는 곧바로 물밑에서 《늑대》의 뼈대를 흔들
어대기 시작했다.

ACT 5

"그러니까! 요르겐이 종주가 되면 되잖아. 관록도 있고, 나 같은 것보다 훨씬 더 종주에 어울린다고."

『그런 말씀을 하시는 건 아버님뿐입니다!』

머릿골까지 왕왕 울리는 대찬 고함이 곧바로 되돌아오는 바람에 유우토는 저도 모르게 인상을 썼다.

위그드라실과 연락을 취할 수 있게 된 지 사흘이 지났다.

수화기 저편에 있는 이는 《늑대》의 부종주, 요르겐이었다.

씨족 전체를 한 가족처럼 여기는 위그드라실의 씨족 제도에 있어서, 부종주란 양자들의 맏형이자 부모에게 무슨 일이 생겼을 때 새로운 종주로 올라서야 할 의무가 있는 **후계자**이기도 하다.

유우토로서는 마침 좋은 기회니까 요르겐에게 후사를 맡기려고 어제부터 그렇게 제안을 했지만, 아까 전처럼 맹렬한 반대만 받았다.

"아, 아니, 나만 그런 건 아닐걸. 장로들은 요르겐이 물려받길 바라지 않아?"

일단 되는대로 반론을 시도해보았다.

『브루노 백부님도, 호칸 백부님도, 헬게 백부님도! 모두 아버님의 귀환을 간절히 바라십니다!』

"……그 사람들 내가 종주가 되는 걸 반대하느라 잔도 거절하지 않았던가?"

『대체 언제 적 얘기를 하시는 겁니까?! 몇 번이나 말씀을 드렸듯 아버님이 돌아오셔서 다시 종주를 맡아주셔야 한다는 것이 서열이 있는 간부와 장로회까지 만장일치의 결론입니다!』

"모두 나를 너무 과대평가하는 거라니까. 괜찮아. 나보다 요르겐이 더 종주를 잘 해낼 수 있을 거야."

유우토는 애당초 자신 같은 미숙한 꼬맹이가 종주 자리에 앉았던 것 자체가 비정상적이라고 여기고 있었다.

요르겐이나 스카피드 같이 경험과 실력을 겸한 자들이 있으니 그런 그들이 종주가 되는 편이 훨씬 나을 것이라고, 위그드라실에 있을 때부터 그렇게 생각했다.

그 뜻을 부드럽게 전해보았다.

『아버님……, 오만함에 빠지지 않고 항상 겸허한 마음으로 있는 건 아버님의 훌륭한 점이자 매력입니다만…….』

"응?"

『아무리 그래도 자기 기량을 너무 가벼이 보는 것도 문제입니다!!』

"으악!"

아까보다 훨씬 귀청을 찢는 호통에 유우토는 절로 수화기에서 귀를 뗐다.

그냥 불만을 터뜨리려고 했던 유우토였지만, 수화기를

통해 후우, 후우 하고 성난 소를 방불케 하는 거친 콧김 소리가 들리는 통에 바로 입을 다물고 말았다.

요르겐은 후우우~~~ 하고 깊은 탄식을 한 후 말을 이었다.

『저같이 부족한 자가 어떻게 산하 씨족들을 순순히 복종시킬 수 있겠습니까. 리네아 숙모님이야 의리가 있으시니 함께 싸워주실 수도 있겠지만, 《발톱》의 보드비드 외에 《보리》, 《승냥이》, 《재》 같은 씨족은 분명 반란을 일으킬 겁니다.』

"……반란이라니 그걸 방지하려고 너와 서배식을 갖게 한 거잖아."

『네, 그래서 겉으로는 적대적으로 굴지 않겠죠. 그렇지만 이쪽의 요구대로 무조건 움직여주지도 않을 겁니다. 이런 상황에서 어떻게 《표범》과 《천둥》 동맹군과 싸울 수 있겠습니까.』

"으음~……."

난처해진 유우토가 뒤통수를 마구 긁적였다.

《표범》과 《천둥》의 동맹.

그게 유우토의 가장 큰 고민거리이기도 했다.

유우토가 보기에 요르겐은 유우토가 부재중일 때 이아른비드를 항상 별 탈 없이 잘만 다스렸기 때문에 종주로서의 기량은 충분하다고 여겼다. 그렇기에 부종주라는 요직을 맡겼던 것이다.

그러나 《표범》과 《천둥》이라는 두 거대 씨족을 동시에 상대할 수 있는가, 하고 묻는다면 마음에 불안감이 몰려오는 것도 사실이긴 했다.

요르겐의 기량이 부족하다기보다 상대 종주들이 모두 치트 수준의 능력을 자랑하는 것이 문제였다.

스테인토르의 압도적인 무력은 물론이거니와, 흐베드룽 그의 전술안도 위협적인 요소였다.

『짐수레 요새』가 무너졌다는 보고를 듣고 솔직히 간담이 서늘해질 지경이었다. 설마 3,000년 미래의 전술이 이렇게나 간단히 공략이 될 줄은 정말 상상도 못했다.

작전은 소위 말해 『트로이의 목마』방식으로, 그렇게 몇 번이나 통용될 전략은 아니지만 그 외에도 공략법을 고안해냈을 가능성은 충분했다. 《표범》에 맞서 싸우려면 이제 『짐수레 요새』만으로는 부족하다고 밖에 할 수 없었다.

'그걸 쓰게 할까? 아니, 하지만 그건…….'

그 앞에 기다리는 결과가 두려워서 사용하지 않고 봉인해둔 물건이 머릿속에 떠오르자, 유우토는 그 생각을 뿌리치기 위해 고개를 획획 내저었다.

『……님! ……아버님!』

"아, 아아. 미안. 잠시 생각 좀 하느라."

『오오, 마침내 돌아갈지 말지 검토를 하고 계셨군요!』

"아, 아닌데."

『부탁드립니다! 아버님이 천상의 나라로 다시 돌아가고

싫어 하신다는 건 저도 잘 압니다. 그러니까 영원히 《늑대》에 계셔달라고까지는 하지 않겠습니다. 하다못해 딱 3년! 3년만이라도 머물러 주십시오!』

"……그렇게 절절히 애원을 해도 좀."

미간을 좁히며 복잡한 표정으로 유우토는 탄식했다.

《늑대》는 유우토에게 있어 이제 제2의 고향이라고 해도 될 정도의 존재였고, 《늑대》의 씨족은 잔으로 한데 묶인 유우토의 가족과도 같았다.

그래서 유우토도 가능하면 어떻게든 도와주고 싶었다.

하지만 실질적으로 돌아갈 수단은 《표범》의 시귄만이 갖고 있다. 요르겐은 3년이라고 말하지만, 다시 한번 위그드라실로 건너갔다가 현대로 되돌아올 가능성은 그 어디에도 없는 것이다.

『(삐익. 삐익) 아앗, 벌써 시간이 되었군요. 아무튼! 내일은 펠리시아 숙모님도 돌아오십니다. 부디, 부디! 돌아와 주시…….』

뚝. 뚜우, 뚜우.

통화가 끊기면서 무기질적인 전자음만 울렸다.

위그드라실에 있을 때에는 이 소리가 무정하게만 들려서 분노마저 느꼈지만, 오늘만큼은 솔직히 다행이다 싶은 심경이었다.

"고생 많았어. 유우토 오빠, 굉장히 난처해하는 것 같던데 괜찮아?"

대화하는 모습을 걱정스럽게 지켜보고 있던 소꿉친구 소녀가 물었다.

수화기를 통해 분명치 않게 들렸던 목소리가 아닌, 맑고 낭랑한 진짜 목소리로.

"응? 왜 그래?"

빤히 얼굴을 쳐다보는 유우토의 눈길에 미츠키가 고개를 갸웃거렸다.

지금은 사진이 아닌 육안으로 그 모습을, 움직임을 생생히 포착할 수 있다.

위그드라실로 다시 간다는 것은 이 **당연한 일**을 포기한다는 뜻과 같았다.

이미 3년이나 열심히 기다려준 이 소녀를 또다시 버려두고 간다는 말이다.

그런 짓은 차마 할 수 없었다.

그러나 《늑대》의 동료들을 버리고 싶지도 않았다.

어떻게 하면 좋을지 알 수가 없었다.

아무리 머리를 굴려도 도통 알 수 없었다.

"하아~~~, 이렇게 들으니 정말 이세계에 갔다 왔다는 게 거짓말은 아니라는 게 느껴지네."

차를 한 모금 들이킨 후, 미츠키의 어머니—— 미요는 감탄 어린 한숨을 내쉬었다.

배 아파 낳은 아이는 아니지만, 유우토는 절친한 친구가 세상을 뜨며 남기고 간 아이다. 그런 그가 3년이나 가출을 했다는 사실에 미요는 상당히 마음 아파했었다.

뿐만 아니라 사랑하는 딸이 초등학생 시절부터 계속 마음에 두며 좋아했던 소년이기도 하다.

여러 가지로 신경이 쓰여서 자세한 얘기를 들으려고 저녁 식사에 초대를 했는데, 이런 재미있는 장면을 조우하게 되었던 것이다.

복도에서의 대화하는 소리쯤은 텔레비전만 끄면 거실에다 들린다. 그러니 귀를 쫑긋 세우고 싶은 것도 인지상정이리라.

"흥, 당신까지 무슨 바보 같은 소리를."

남편인 시게루가 맥주 캔을 와락 구기면서 짜증스럽다는 듯이 말을 내뱉었다.

예뻐하는 딸한테 붙은 나쁜 벌레가 마음에 영 들지 않는 모양이다. 어릴 때부터 알고 지냈지만 얼마나 착하다고요, 하고 설득을 해도 도통 들으려 하지를 않았다.

"하지만 저거 명백히 일본어는 아니에요. 물론 영어도 아니고."

"흥, 그 정도로 소수 언어라는 거 아니겠어."

"어머, 그래도 저렇게 완벽히 마스터를 했다니 대단하잖아요."

"크윽."

시게루가 분통이 터진다는 듯 이를 갈았다.

그런 그도 초등학교 저학년이나 쓰는 그런 가짜 외국어가 아니라 제대로 구성된 **언어**라는 것 정도는 아는 듯했다.

"그리고 오늘 그 머리띠를 가지고 백화점의 브랜드 중고 숍에 가봤는데 정말 순금이 맞대요."

"저, 정말로?!"

"이런 걸로 거짓말을 왜 하겠어요?"

"으음."

"이제 슬슬 인정하는 게 어때요? 딸의 남자 보는 눈을 말이에요."

"흥, 한 잔 더!"

"네네, 오늘만 특별히 봐주는 거예요."

고개를 홱 돌리며 컵을 내미는 남편을 향해 하는 수 없다는 듯 어깨만 으쓱한 후, 미요는 두 개 째 맥주 캔을 꺼내러 냉장고로 향했다.

"오늘은 정말 잘 먹었습니다."

"아니야. 또 오너라. 기다릴게."

돌아갈 때, 유우토가 현관에서 고개를 숙이자 미요가 환한 웃음으로 화답해주었다. 그 얼굴에는 괜한 인사치레가 아니라 진심으로 그런 말을 한다는 마음이 엿보였다.

"……네, 감사합니다."

가슴속 깊이 우러나오는 감사의 마음을 곱씹으며 유우토는 다시 한번 고개를 숙였다.

"유우토 오빠, 나중에 봐."

"그래, 또 보자."

손을 흔드는 미츠키를 돌아보며, 유우토는 미츠키의 집을 나섰다.

바깥에는 완전히 어둠이 내려앉았고, 군데군데 서 있는 가로등만이 귀로를 밝히고 있었다.

시골이라서 그런지 근처에는 인기척 하나 없었다.

묘한 쓸쓸함이 유우토의 가슴 속을 오갔다. 그만큼 미츠키의 집이 단란하고 즐거우며, 따스한 곳이라는 뜻이리라.

"지금 내 입장을 따져본다면 좀 과분하긴 하다."

구름이 끼어 별 하나 보이지 않는 밤하늘을 올려다보며 유우토는 한탄했다.

현재 유우토는 중학교도 제대로 졸업하지 않고, 심지어 고등학교도 다니지 않는다. 그렇다고 어디에 취직을 한 것도 아니다.

그런 자신을 미츠키의 가족들이 딸의 연인까지는 아니지만, 이성 친구로서 받아주는 것이 그저 고맙기만 했다.

요리도 믿을 수 없을 정도로 맛있었다.

갓 지어낸 밥을 먹고, 따듯한 된장국을 마셨을 때는 정말 눈물이 다 날 지경이었다.

이대로 이 현대에서 지낸다면 이런 평범하지만, 평화롭

고 행복한 나날들이 지속될 것이다.

물론 인생에 항상 좋은 일만 있는 게 아니라는 것쯤은 유우토도 이미 잘 안다.

언젠가 고등학교도 나오지 못한 학력 때문에 생기는 고난이 앞을 막아서리라.

그러나 적어도 죽고 죽이는 짓까지는 하지 않아도 된다.

이 손을, 마음을 피로 더럽히지 않아도 된다.

줄곧 그런 세계로 돌아가고 싶다고 바랐다.

그러나 마음속에서 누군가가 속삭였다.

자신의 행복을 위해 동료를 버릴 것이냐고.

그건 네가 제일 증오한 아버지와 똑같은 짓을 하는 게 아니냐고.

현대로 돌아온 이후, 평화를 실감할 때마다 유우토를 괴롭혔던 **죄책감**의 정체였다.

자신이 없어도 어떻게든 돌아가겠지, 하는 낙관으로 계속 외면했었지만 이제 보고도 못 본 척은 할 수 없게 되었다.

"젠장!"

퍼억! 근처에 있던 전봇대를 조용히 때렸다.

아팠다. 당연히 아프다.

그래도 두 번, 세 번.

주먹을, 이 가슴에서 소용돌이치는 답답함을 때려 박지 않고서는 견딜 수가 없었다.

『오라버님!』

다음날 밤.

전화가 연결되자마자 귀에 익숙한 목소리가 파고들었다.

누구냐고 물어볼 필요도 없었다. 유우토를 「오라버님」이라고 부르는 소녀는 한 명밖에 없으니 말이다.

유우토의 가슴에 환희가 밀려왔다.

그녀가 무사하다는 건 알고 있었다. 그러나 역시 정보로만 알고 있는 것과 실제로 목소리를 듣는 건 그 실감이 달랐다.

"다행이다. 무사했구나!"

『네! 오라버님은 무사하시죠? 천상의 나라로 돌아가셨다고 믿긴 했지만, 이렇게 목소리를 들을 수 있어 진심으로 안심이 됩니다.』

수화기 저 너머에서 펠리시아가 안도의 한숨을 내쉬었다.

그녀 입장에서 보면 눈앞에서 유우토가 갑자기 훌쩍 사라져 버렸으니 무사하다고는 믿고 있어도 그래도 불안해했음이 틀림없었다.

"난 건강해. 그쪽은 괜찮아? 루네가 다쳤다고 들었는데."

『아아, 그럼 루네를 바꿔드릴게요. 아까부터 뒤에서 빨리 자신에게 넘기라고 난리도 아니에요.』

『아, 아버님!』

"아, 루네구나. 손은 괜찮고?"

『네, 별일 아닙니다. 그것보다 정말 죄송합니다. 가시나 요새를 적에게 넘겨주었을 뿐만 아니라 많은 장병들의 목숨까지…….』

울분에 찬 목소리로 말하는 지크루네.

『최강의 은 늑대』로서 패전의 책임을 느끼는 모양이었다.

"네가 너무 마음 쓸 일은 아니야. 모든 건 다 내가 갑자기 사라져서 생긴 일이니까. 그런 와중에도 정말 애를 썼구나."

『아닙니다. 저따위는……. 칭찬을 하시려면 올로프 오라버님을 칭찬하십시오. 오라버니가 요새에 남아 적의 발목을 붙잡지 않았더라면 지금쯤…… 저나 펠리시아는 여기서 아버님의 목소리를 들을 수 없었을지도 모릅니다.』

"……그래."

유우토는 입술을 꽉 깨물었다.

올로프에 대한 소식은 사전에 보고를 받아 알고 있긴 했었다.

그 생존이 가히 절망적이라는 것도.

"이렇게 너희와 대화를 할 수 있는 것도 그 녀석 덕분이구나. 정말 감사한 일이야."

『네…….』

유우토의 중얼거림에 지크루네가 절절한 목소리로 동의했다.

유우토에게 있어서도 올로프의 죽음은 큰 충격이었다.

그는 《늑대》의 새로운 식량고라고 할 수 있는 도시, 김레의 지사를 맡은 인물이었다. 유우토 역시 매우 의지하고 있는 남자이기도 했다.

유우토가 종주가 된 지 얼마 되지 않았을 때, 애송이라고 얕보던 장로파 등이 물밑에서 유우토를 자리에서 끌어내리려고 애를 쓰던 시절부터 충성을 다 바친 양자였다.

지크루네나 스카피드처럼 화려한 활약을 하지는 않았지만 주어진 임무를 착실하고 건실하게 처리하던 숨은 공로자 같은 존재로, 그에게 일을 맡기면 일단 마음을 놓아도 된다는 안도감이 들었다.

최근에는 머나먼 땅에 부임을 시킨 바람에 접할 기회도 줄었지만, 그래도 그는 유우토가 진정으로 신임하고 좋아했던 소중한 가족이었다.

그런 그를 만날 수 있기는커녕 이제 영영 목소리조차 들을 수 없다고 생각하니 가슴에 뻥 하고 구멍이 뚫린 상실감을 느끼지 않을 수가 없었다.

"……루네, 펠리시아를 바꿔줄래?"

눈시울이 뜨거워지려는 걸 꾹 참으며 유우토는 말했다.

『네. 어이, 펠리시아. 아버님이 너를 부르신다.』

『네, 오라버님. 저예요.』

"있잖아, 펠리시아. 한 가지 물어보고 싶은 게 있어."

이런 걸 물어서 어쩌겠다는 말인가, 하고 머리 한구석에서 이성이 소란을 피웠다.

입에 올려서는 안 된다.

물어서는 안 된다.

알고 있지만 묻지 않고는 견딜 수가 없었다.

"같은 수순을 밟으면 다시 한번 나를 위그드라실로 소환시킬 수 있어?"

『옷!』

수화기 저편에서 펠리시아가 숨을 삼키는 소리가 들렸다.

침을 꿀꺽 삼킨 후, 그녀가 신중하게 입을 열었다.

『솔직히 잘 모르겠습니다. 오라버님을 이곳으로 불러들이는 것 자체가 거의 기적에 가까우니까요. 다만…….』

"다만?"

『제가 할 수 있는 일이라고는 오직 소환뿐입니다. **다시 돌려보내 드리는 일은 불가능해요.**』

"그래. 그렇겠지."

유우토는 간신히 그 말만 쥐어 짜냈다.

하긴 그게 가능했다면 이미 예전에, 그것도 3년 전에 펠리시아가 유우토를 현대로 다시 보내주었을 것이다.

현재로서 유우토를 위그드라실에서 현대로 되돌릴 수단을 가지고 있는 이는 《표범》의 시귄 뿐이다.

그러나 그녀는 《표범》의 현 종주, 흐베드룽그의 아내였다. 그녀를 붙잡아 명령을 따르게 하는 일이 얼마나 어려운 일인지 따져볼 필요도 없었다.

다시 말해, 다시 위그드라실에 발을 들이면 두 번 다시 이쪽 세계로 돌아올 가능성은 아마 없을 수도 있다는 뜻이었다.

『그래도 오라버님이 원하신다면 전 몇 번이고 의식을 집행하겠습니다. 어쩌시겠습니까?』

"…………."

유우토는 차마 대답할 수가 없었다.

그렇게 간단히 고개를 끄덕일 일이 아니었다.

자신의 마음속에서는 아무 각오도 되어 있지 않으면서 왜 그런 질문을 했느냐며, 오히려 자기혐오만 치밀어 올랐다.

상대방에게 괜한 기대감만 심어주는 게 아닌가.

『오라버님.』

잠시 동안의 침묵 후, 갑자기 수화기를 통해 마음을 포근히 감싸주는 듯한 부드러운 목소리로 펠리시아가 유우토를 불렀다.

"왜?"

『오라버님이 어떤 결정을 내리시든 전 그걸 따르겠습니다. 설령 그게 이 세계로 돌아오지 않으신다고 해도 말이죠.』

"……정말로 그래도 괜찮은 거야?"

『《늑대》의 의제 우두머리로서 이런 말씀을 드리면 안 되겠지만, 전 무엇보다 유우토 오라버님의 동생이니까요. 동생은 오라비의 행복을 바라는 법이랍니다.』

『아니, 펠리시아 숙모님, 그게 무슨 말씀이십니까?!』

『어머, 요르겐 님이 저기압이시네요.』

어쩐지 장난기 어린 목소리와 함께 후다닥 뛰어다니는 소리나 뭔가가 우당탕탕 넘어지는 소리가 들려왔다.

아무래도 스마트폰을 빼앗으려고 요르겐한테서 도망쳐 다니는가 보다.

숨을 헐떡이면서 펠리시아가 말을 이었다.

『다행히 다음 보름달이 뜰 때까지는 시간이 있습니다. 천천히 생각해주세요. 후회…… 하시지 않기를 바랍니다. 그럼!』

"훗, 그래. 고마워, 펠리시아."

만감이 교차하는 가운데, 쓴웃음을 지으며 유우토는 감사를 표했다.

나 참……, 여전히 자신에게는 과분한 부관이었다.

펠리시아는 어떤 때라도 유우토의 몸을 최우선으로 염려해주었다. 위그드라실에 온 지 얼마 되지 않아 아무것도 할 줄 모르는 무력한 어린애 시절부터 그 태도만큼은 한결같았다. 항상 사심 없는 무한한 충성만 바쳤다.

그런 그녀이기에 버릴 수가 없었다.

유우토의 고민은 깊어지기만 했다.

◆

"이제 다 했어요, 요르겐 님."

벽 가장자리에 내몰리면서도 펠리시아는 태연한 표정으로 스마트폰을 요르겐에게 내밀었다.

요르겐은 난폭하게 그걸 확 낚아채려고 했지만, 바로 직전에 그 기세를 죽이며 조심스러운 손길로 받아들었다.

만에 하나 부서지기라도 하면 안 된다는 이성이 순간적으로 작용한 모양이다.

그러나 분노까지는 삭이지 못했다.

"숙모님! 그러시면 안 되는 거 아닙니까. 단독으로 그런 말씀을 막 하시다니! 이 건에는 《늑대》 전체의 운명이 걸려 있다는 걸 잊으시면 안 됩니다!"

"죄송합니다. 하지만 오라버님께도 말씀드렸지만, 전 《늑대》의 의제 우두머리이기 이전에 유우토 오라버님 **개인**에게 반해 잔을 나눈 몸이니까요."

"~~으윽! 그러면 더더욱 곁에서 힘껏 모시도록 하십시오!"

그렇게 말을 내뱉고 요르겐은 거친 발걸음으로 신전을 나갔다.

집무를 하러 돌아가는 것이리라. 가시나 요새에서 크게 패했을 뿐만 아니라 《표범》과 《천둥》의 위협이 코앞까지 닥쳐온 판국이다. 지금은 그가 《늑대》의 전권을 쥐고 있기에 처리하지 않은 일들이 산더미처럼 쌓여 있을 터였다.

"너도 무리하지 마라. 자칫하면 감옥행이니까."

옆에서 지켜보고 있던 지크루네가 씁쓸하게 웃으며 한 마디 했다.

씨족 존망의 위기가 임박한 상황에서 이를 구할 수 있는 인재의 앞길을 막다니 반역의 의도가 있는 것이 아닌지 의심받기에 충분했다.

친오빠가 그랬던 것만큼 더더욱 위험했다.

"어머, 넌 화내지 않니?"

"아버님의 의향을 존중하고 그에 따를 뿐이야. 그게 올바른 일인데 내가 화를 낼 수는 없지."

"그래. 내 편이 있는 줄도 몰랐는데 이거 기쁘네."

"흥, 아버님은 줄곧 귀향을 꿈꾸고 계셨으니까. 평화로운 천상의 나라에서 또 다시 이 세계로 모시고 와 전란에 몸담게 하시도록 두고 싶지는 않아. ……물론 씁쓸하긴, 하지만."

"그러네. 씁쓸…… 하다.

눈시울이 뜨거워져서 펠리시아는 얼른 천장을 올려다보았다. 그렇게라도 하지 않으면 눈물이 흘러내릴 것만 같았으니까.

전화로는 무엇보다 유우토의 행복이 최우선이라고 했지만, 이제 다시는 볼 수 없다고 생각하니 슬프기 그지없었다.

전화상으로 들은 목소리는 어쩐지 분명치 않고 흐릿하기만 했다.

무엇보다 닿을 수 없어, 그 체온을 느낄 수가 없었다.

언젠가는 찾아올 일이라고 각오는 했었다.

그러나 막상 그런 일이 일어나고 보니 마음에 구멍이 뻥 뚫린 것 같아, 유우토를 떠올릴 때마다 눈물이 자꾸만 넘쳐흘렀다.

"칫."

지크루네가 혀를 차더니 펠리시아의 머리를 거칠게 끌어안아 자신의 가슴께로 끌어당겼다.

"뭐니, 갑자기?"

"아버님 앞에서는 밝은 척했잖아. 이 정도쯤은 가슴을 빌려줄게."

"……고마워."

자신의 마음이 결코 강하지 않다는 것을 펠리시아는 자각하고 있었다. 감사의 말과 함께 펠리시아는 얌전히 친구의 가슴에 얼굴을 묻었다.

◆

디디디…… 딩동…….

어디선가에서 초인종 소리가 들려왔다.

유우토는 자기 방 책상에 앉아 턱을 괸 채 창밖을 멍하게 바라보고 있던 중이었다.

시선 끝에는 전선 위에 참새들이 지저귀며 올라앉아 있

었지만 그의 눈은 그걸 비추고 있지도, 인식하고 있지도 않았다.

"아이참, 역시 있잖아!"

"으아악!"

갑자기 시야 한가득 미츠키의 얼굴이 보이자, 유우토는 깜짝 놀라 소리치며 뒤로 몸을 젖혔다.

그대로 의자와 함께 쓰러질 뻔했지만, 간신히 자세를 바로 잡았다.

"노, 노크도 안 하고 들어오지 마! 그리고 초인종부터 눌러야지. 남의 집에 멋대로……."

"노크했거든! 초인종도 눌렀더니 아저씨가 들어가도 괜찮다고 허락도 해주셨는걸!"

"……정말?"

"응, 정말이야."

그렇게 대꾸한 미츠키는 팔짱을 낀 채 떡 하니 서서 고개를 근엄하게 끄덕였다.

사실인 모양이다.

"……미안해. 생각 좀 하느라."

"또 위그드라실 때문에?"

"응."

벌레라도 씹은 듯 씁쓸한 표정으로 유우토가 수긍했다.

밤새도록 고민에 고민을 거듭한 끝에 정신을 차리고 보니 벌써 동이 트고 말았다.

그렇게나 깊게 고민을 했는데도 전혀 대답이 나오지 않았다.

"너무 그렇게 신경을 쓰는 것도 몸에 안 좋아. 잠도 못 잤지? 잠깐이라도 눈 좀 붙여."

"……그러게. 피곤한 머리로는 제대로 된 아이디어도 안 나올 것 같으니까. 근데 너야말로 이런 아침부터 무슨 일이야?"

"음~……, 모르겠어?"

"뭐가?"

"아이참."

미츠키가 뺨을 빵빵하게 부풀려 불만스러워하다가, 스커트를 팔랑거리며 그 자리에서 우아하게 한 바퀴 빙 돌았다.

더욱 이해가 가지 않았다.

"?"

"교복이잖아! 오늘부터 난 고등학생! 유우토 오빠한테 조금이라도 빨리 이 차림을 보여주고 싶었단 말이야."

"아~……."

그러고 보니 미츠키가 입고 있는 교복 블레이저가 처음 보는 것으로 바뀌어 있었다. 이 근처에서 자주 볼 수 있는 교복이었다. 청초한 분위기를 주면서 미츠키에게 아주 잘 어울렸다.

"웃!"

갑자기 주체하지 못할 정도의 외로움이 몰려와 유우토의 가슴을 옥죄었다.

자신이 없는 사이에도 미츠키는 공부를 열심히 하여 고등학교에 진학을 했다.

요리 실력도 늘었다. 그녀 정도의 기량이라면 홀딱 반하는 남자가 수두룩할 것이다.

정말로 자신에게는 한없이 과분한 소녀였다.

원거리 연애는 오래 가지 않는다고 한다.

유우토가 또 다시 떠나게 된다면, 이번에는 정말로 그녀도 정을 떼고 다른 남자한테 마음을 주게 된다 하더라도 이상하지 않다.

"왜 그래? 아, 혹시 나한테 반했나?"

"그래. 정말 예쁘다."

"우와, 우와, 갑자기 그런 돌직구 발언을! 유우토 오빠한테 그런 말을 듣는 건 처음이야! 헉! 혹시 이제부터 막 악담으로 깎아내릴 셈이구나?!"

"안 그래. 솔직히 느낀 바를 말했을 뿐이니까."

"~~하우우!"

얼굴을 새빨갛게 물들이는 미츠키.

그런 모습도 예쁘고 사랑스러웠다.

다른 남자가 그녀의 옆에 있다니, 도저히 참을 수 없었다.

자신의 이 손으로 그녀를 지키고 싶었다.

그녀와 또 헤어져서 만날 수 없게 되다니 상상조차 하기 싫었다.

『~~는, ~~이기 때문에~~, 그래서 ~~로…….』

체육관 단상에서는 스피커를 통해 교장이라고 하는, 풍채 좋은 초로의 남자가 훈시를 하는 중이었다.

이 수십 년의 교직 생활을 통해 깨달은 알찬 이야기를 입학생들을 위해 해주는 것이겠지만, 전혀 귀에 들어오지 않았다.

지금 미츠키의 머릿속을 점하고 있는 것은 유우토 뿐이었다.

위그드라실과 연락이 되기 시작한 후부터 그의 태도가 명백하게 이상해졌다.

사실 돌아온 직후부터 남겨둔 사람들을 걱정하며 마음이 다른 곳에 가 있는 모습을 가끔 보이긴 했지만, 그게 더욱 박차를 가한 것 같은 느낌이었다.

'오늘 아침에도 눈 밑에 다크서클까지 생긴 걸 보니 한숨도 못 잔 것 같은데. 걱정된단 말이야.'

잠도 충분히 자라고 타일러두긴 했지만, 그 말을 잘 따르긴 하는지 불안하기만 했다.

솔직히 입학식을 몰래 빠져나와, 곧바로 달려가 확인이라도 하고 싶을 정도였다.

'《늑대》 사람들한테는 유우토 오빠가 꼭…… 필요한가

보구나.'

자세히 물어본 건 아니지만, 철들 때부터 함께 자란 소꿉친구였다. 유우토의 태도만 봐도 대충 감이 잡혔다.

유우토가 갑작스레 《늑대》를 떠나 현대로 돌아왔기 때문에 온갖 문제가 다 발생하고 있는 모양이었다.

그리고 그건 유우토가 전화로 조언을 해준 정도로는 어떻게 할 수 없는 수준의 것이 아님을 어렴풋이 깨달았다.

그 정도로 끝날 일이라면 이렇게 고민할 필요도 없다.

유우토는 다정하고 마음도 착하다. 이제까지 함께 생활하면서 싸워온 동료들을 쉽게 뿌리칠 리가 없다. 그래서 이렇게 고통스러워하는 것이다.

『고등학교는 의무교육이 아닙니다. 아주 오랜 옛날, 여러분들 정도의 나이라면 모두가 이미 관례를 치루고 성인의 대우를 받았습니다. 그렇습니다! 여러분들은 이제 어린아이가 아닙니다. 이에 상응하는 자각과 책임을 요구받는 나이가 되었습니다. 자신의 발로 힘차게 서고, 스스로 생각하여 장래를 향해 나아가야 합니다.』

흥분을 했는지 교장의 연설에도 한층 힘이 들어갔다.

역시 연설 내용은 전혀 귀에 들어오지도 않았지만, 「장래」라는 단어는 신기하게도 귀에 남았다.

장래에 무엇이 되고 싶은가 하면, 유우토의 아내가 되는 것이 제일 마음에 와닿았다.

장래에 무엇을 하고 싶은가 하면, 유우토를 돕는 것이

제일 먼저 머릿속에 떠올랐다.

주체성이 없다 할 수도 있겠지만, 그게 미츠키의 한 치의 거짓 없는 진심이었다.

"난 유우토 오빠를 위해 무엇을 할 수 있을까……. 무엇이 제일 유우토 오빠를 위한 일이 될까……."

입학식 내내 미츠키는 그 점에 대해서만 골똘히 생각했다.

"어라? 여기는……?"

문득 정신을 차리고 보니 유우토는 말린 벽돌이 깔린 낯익은 바닥 위에 서 있었다.

작은 체육관 정도의 공간에는 인기척 하나 없이 그저 엄숙한 분위기만 흘렀다. 방 안쪽에는 제단이 있고, 가장 윗부분에 모셔진 신경이 횃불의 빛을 그 거울 표면 위에서 요사스럽게 일렁거리게 했다.

"신전? 난 다시 위그드라실로 돌아온 건가?"

영문을 알 수 없어 유우토는 신전을 나와 성탑의 계단을 내려가다가──

숨을 삼키고 말았다.

주변에는 엄청난 숫자의 시체가 굴러다니는 데다, 장엄했던 궁전은 처참하게 파괴되고 온통 피 칠갑이 되어 차마 눈 뜨고 볼 수가 없었다.

"루네?!"

게다가 성문 근처에는 피투성이가 된 지크루네가 가슴을 창에 꿰뚫려 선 채로 죽어 있었다.

"그, 그럴 수가……."

부들부들 떨리는 몸을 가누지 못하고 유우토는 한두 걸음 비틀비틀 뒤로 물러났다.

"맞다, 펠리시아! 펠리시아!"

유우토는 외치며 정신없이 달려 집무실로 뛰어 들어갔다.

"윽!"

무참하게 어지럽혀진 집무실에는 애용하던 의자에 기대어 있는 것처럼 쓰러져 있는 펠리시아가 눈에 들어왔다. 주변은 피바다를 이루고 있고, 그녀의 얼굴도 새파랗게 질려 전혀 생기가 느껴지지 않았다.

"아……, 아아……, 아아아아악!"

목이 멜 정도의 신음 섞인 비명과 함께 유우토는 내달렸다.

그저 미친 듯이 궁전 안을 뛰어다니며 생존자를 찾아다녔다.

그러나──

"으…… 아악……!"

찾으면 찾을수록 자꾸만 잘 알고 지내던 사람들의 시체들만 눈에 띄었다.

잉그리드, 리네아, 알베르티나, 크리스티나, 요르겐, 스카피드 등등, 모두 피투성이가 되어 숨이 끊어진 상태였다.

"누가! 누구 없어!"

"주인님!"

유우토의 부름에 대답이라도 하는 것처럼 앳된 목소리가 들렸다.

"에피?! 무사했구나."

돌아보니 유우토의 하녀, 에필리아가 울면서 이쪽으로 달려왔다.

유우토도 가까이 다가가려고 하는데, 에필리아의 뒤에 갑자기 기병이 나타나는 바람에 전율하고 말았다.

기병은 그 손에 든 창을 높이 치켜들더니 에필리아를 향해 내리쳐서——.

"그만둬어어어어어어어어어!!"

유우토는 **책상**에서 벌떡 일어났다.

눈앞에는 부드럽고 옅은 베이지색 벽이 펼쳐져 있었다. 피의 흔적은 찾아볼 수도 없었다. 그저 깨끗하기만 했다.

그대로 시선을 아래로 주니 밝은 색감의 나무 책상이 눈에 들어왔다. 이것 역시 핏자국은 어디에도 없었다.

피비린내도 나지 않았다. 아니, 돌이켜보니 그 참상을 목격하고도 피비린내를 전혀 느끼지 못했던 것 같다.

다시 말해, 아까 본 그 광경은——

"꿈…… 이었구나."

후우~~~, 하고 기나긴 안도의 한숨과 함께 다시 의자에 털썩 주저앉았다.

어느 틈에 잠이 들었나 보다. 그리고 계속 위그드라실에 대한 걱정만 하다 보니 그게 꿈에서까지 나타난 모양이다.

"뭐라도 마셔야겠다."

끔찍한 악몽 때문에 목이 빠짝 말라 버렸다.

일어나서 계단을 내려가 유우토는 주방으로 향했다. 찬물 한 잔을 마신 후 돌아가려도 하던 차, 갑자기 발길을 멈췄다.

만약 불이 켜진 방이 거실이나 아버지의 방이었다면 유우토도 별 신경 쓰지 않고 2층의 자기 방으로 돌아갔으리라. 그러나 환히 불이 들어온 곳은 불단이 모셔진 방──지금은 세상을 떠나 없는 유우토의 어머니의 위패가 모셔진 그 방이었다.

충동에 이끌린 것처럼 유우토는 천천히 장지문을 열었다.

"이거 웬일이야. 당신도 불단에 참배를 하러 오다니."

눈을 감은 관음상에 대고 합장을 하고 있는 아버지를 내려다보며 유우토는 코웃음을 쳤다.

이 아버지를 대할 때마다 자꾸만 도발적인 말투를 쓰게 된다. 지금은 가슴이 텅 비어서 더욱 자신을 제어할 수가 없었다.

아버지가 천천히 눈을 뜨더니 이쪽을 돌아보았다.

"기일이니까."

"앗……."

그 말에 유우토는 깜짝 놀라며 더 심한 자기혐오에 빠지고 말았다.

어머니가 돌아가신 날은 바로 3년 전의 오늘이었다.

어머니에 대해 별 마음도 없을 줄 알았던 이 남자가 정확하게 기일을 기억하고, 그 반대인 자신은 완전히 날짜를 잊고 있다니.

여러 문제로 골치를 썩여서 그렇다고는 하나 그 사실은 변함없었다.

불단에 흘끔 눈길을 주었다.

구석구석 훑어보아도 불단은 먼지 한 톨 쌓이지 않았고, 관음보살상도 이전과 변함없이 광택을 뿜어내고 있는 걸 보니 꼼꼼히 관리를 잘해왔음을 알 수 있었다.

알아차리고 나니 이제 견딜 수가 없었다. 가슴 속에 꾹꾹 눌러 담았던 감정이 마그마처럼 치밀어 올라 감당할 수 없게 되었다.

"……그때 왜 안 온 거야?"

너무나도 막연해서 언제의 일을 말하는지 특정할 수 없는 물음이었다.

그러나 아버지한테는 제대로 그 뜻이 전해진 모양이다.

"그때도 말했지 않냐. 연마를 해야 했다고."

"그렇게 일본도 만들기가 중요해?! 위독한 어머니를 내던져둘 정도로! 당신에게 있어 어머니는 그 정도에 불과한 존재였어?!"

분명 그럴 거라고 믿고 아예 물어보려고 하지도 않았다.

아버지를 거부하고 끊임없이 혐오하면서 마음의 문을 닫으며 살았다.

지금 그 뚜껑을 열어 3년 전부터 유우토의 속을 태워왔던 감정을 쏟아내었다.

그리고 그건 아버지라는 거울을 통한 **자문자답**이기도 했다.

아버지는 묵묵히 유우토의 날카로운 시선을 받기만 하다가, 천천히 일어나 관음상 안쪽에서 한 자루의 단도를 꺼냈다.

"그건 뭐야……?"

"네 어머니의 임종 때 만든 칼이다."

그렇게 말하며 아버지는 유우토에게 단도를 내밀었다.

받자마자 유우토는 칼집에서 단도를 뽑아보았다.

짧긴 하지만 그 도신은 매우 훌륭히 물결치는 무늬가 깃들어, 아버지의 많은 작품들 중에서도 상당한 명품임을 한눈에 알아보았다.

그 미려한 도신에 과감하게 『병마퇴산』이라는 네 문자가 새겨져 있었다.

"나는 칼 만드는 것밖에 모르고, 그 외에는 아무 재주도 없는 인간이다. 그러니까 네 어머니를 위해 할 수 있는 건 이것뿐이었어. 결국 아무 소용도 없었지만."

자조적으로 코웃음을 치며 아버지는 천장을 올려다보았다.

신사에 모시는 신도(神刀)로서 봉납하려고, 아기가 태어났을 때 호신도로 쓰려고 하는 등 칼은 예부터 파마(破魔)의 힘이 깃든다고 전해져왔다.

유우토의 아버지는 거기에 마지막을 걸었던 것이다.

온 정신과 영혼을 쏟아 칼을 두드려, 그래서 아내에게 달라붙은 병마를 쫓아 보자고.

"왜……! 왜 그걸 알려주지 않았던 거야?! 말해주었다면 나는……."

"결과가 전부다. 난 네 어머니의 죽음을 곁에서 지켜주지 못했어. 그 사실은 움직일 수 없지. 네가 나를 원망하는 것도 당연한 일이다."

그 목소리는 담담했지만 살짝 떨렸다.

그래서 유우토도 바로 알아차렸다.

아버지도 아직 자신을 책망하고 있는 것이다. 아내를 구하지 못했던 자신을. 마지막까지 옆에 있어주지 못했던 자신을.

유우토의 비난을 일부러 받아서 자신에게 벌을 주었다는 뜻이었다.

"하……, 하하핫……, 당신, 너무 감정 표현이 서투르잖아……."

유우토의 입에서 메마른, 아주 맥 빠진 웃음소리가 흘러나왔다.

솔직히 말해서 아버지의 행동은 어리석기 짝이 없었다.

그런 미신을 믿어 병을 낫게 할 수 있다면 병원 따위는 필요도 없으리라.

하지만 그래도 아버지는 아버지 나름대로 어머니를 위해 온갖 정성을 쏟았다. 그 강한 마음이 칼을 보면 얼마나 **대단한** 것이었는지 절절히 전해져왔다.

"난 완전히 헛돌고만 있었구나……."

자신이 어린애에 불과하다는 건 2년 전에 뼈저리게 실감했지만, 새삼 당시 자신의 멍청함에 짜증이 솟구쳤다.

아버지는 어머니를 버리지 않고, 아버지 나름대로 어머니를 사랑하고 구하려고 했었다. 마지막의 마지막까지 기적을 믿으며 그걸 이루어내려고 했다.

그에 비해 자신은 가망 없다는 의사의 말만 듣고, 어머니의 꺼져가는 생명을 포기했다.

그런 자신의 무력함에서 눈만 돌리고 살았다.

아버지라는 탈출구를 만들고, 모든 것을 아버지 탓으로 돌려서.

이 얼마나 한심한 애송이였는지.

"핫, 그런 주제에 내가 그런 혐오스러운 인간이 되었다니 참 웃기지."

무슨 일이 있어도 사랑하는 가족을 버리지 않겠다.

그게 어머니의 죽음 앞에서 한 유우토의 맹세였다.

그러나 현실은 어떤가.

가족이라고 해야 할 《늑대》의 위기와 미츠키에 대한 마음 사이에서 꿈쩍도 못하는 꼴이다.

맹세를 우선시한다면 주저하지 않고 저쪽으로 달려가야하는데.

"뭔가 망설이고 있는 일이라도 있냐?"

아버지가 유우토를 지그시 주시하며 물었다.

"……맞아. 솔직히 어떻게 하면 좋을지 모르겠어. 소중한 것이 두 개가 있는데, 두 개 모두 버릴 수가 없어. 그럴때 당신이라면 어쩌겠어?"

"흠……, 그렇군…….."

아버지는 팔짱을 낀 채 잠시 눈을 감았다.

이윽고 눈을 슥 뜨더니 유우토를 응시하며 말했다.

"자신을 극한의 상황까지 밀어내어 보는 건 어떠냐."

"극한의 상황으로 밀어내라고?"

예상치도 못한 대답이었다.

후회 없는 선택을 해라, 혹은 천천히 생각해봐라, 등등당연한 대답이 되돌아올 줄 알았기 때문이다.

앵무새처럼 따라 되묻는 유우토에게 아버지는 훗 하고작은 웃음을 흘렸다.

"평소에 용감하고, 깔끔한 말만 하는 사람이 막상 위기가 닥쳤을 때 제일 먼저 줄행랑을 놓는 일은 사회에서 자주 있는 일이야. 젊은 시절에는 50까지만 살면 된다고 하면서도, 막상 그때가 가까이 오면 60까지도, 70까지도 살고 싶어 하는 법이라더군. 사람이라는 게 의외로 자존심이나 명분이 방해를 하여 자신마저도 본심이라는 것이 보이지 않는 경우가 많다. 막다른 골목에 내몰리기 전까지는 말이지."

그 말에 유우토도 정말 그렇다고 느꼈다.

종주의 자리에 있으면서 평상시에는 대단하고 용감한 말만 해대지만, 막상 전시에는 겁에 질려 겁쟁이가 되는 자들을 수도 없이 봐왔다.

"나도 그랬다……."

아버지는 살짝 시선을 돌리며 뭔가 그리워하는 눈빛을 드러냈다.

그 눈길 끝에는 어머니의 사진이 있었다.

"나는 칼만 만들면 그걸로 행복하다. 계속 그렇게…… 믿어왔건만."

그렇지만 사실은 그게 아니었다는 것이다.

그 행복이 무엇인지 이제 와서 물을 필요도 없었다.

아버지를 자세히 보니, 기억 속의 그 외모보다 훨씬 마르고 야윈 상태였다. 흰머리도 많이 늘어서 단숨에 늙어버린 모습이었다.

3년 전, 반감을 느끼면서도 크고 강하게만 보였던 아버지가 지금의 유우토의 눈에는 이제 작고 나약하게만 보였다.

그렇게나 아내의 죽음은 그를 무너뜨릴 정도로 충격적이었다는 뜻이리라.

되짚어보면 유우토도 소중히 여기는 기색도 엿보이긴

했다.

미츠키의 집이나 경찰에 아들을 찾으러 바로 달려와 주었다.

차 안에서는 유우토의 미래를 걱정했다.

지금도 이렇게 유우토의 고민을 듣고 성실하게 대답해 주고 있었다.

쓸데없는 착각으로 유우토의 눈이 흐려져 있었을 뿐이지 아버지는 가족을 아끼고 지키려고 애를 쓰는, 존경할 만한 남자였다.

다만 표현이 서툴러서 마음을 말이나 태도로 드러내는 것을 잘 못할 뿐이었다.

"고마워. 덕분에 대답을 찾은 것 같아……, **아버지.**"

어느새 마음속 응어리는 사라지고 없었다.

"모든 건 전부 여기서 시작되었지……."

유우토는 눈앞에 당장이라도 쓰러질 것만 같은 낡아빠진 사당을 마주보면서 감개무량하게 중얼거렸다.

츠키미야 신사——.

그 운명의 날, 담력 시험을 기점으로 하여 유우토를 위 그드라실로 이끈 신경이 모셔진 장소이기도 했다.

그날 자신이 괜한 마음만 품지 않았더라면…….

몇 번이고 반복해서 자신을 탓했던 말이었다.

그러나 언제부터였을까.

그렇다. 마침 종주가 되었을 시절부터였다.

그 일에 대해 그다지 떠올리지 않게 되었다.

사실 그런 생각을 할 여유조차 없었다. 《늑대》씨족의 목숨이 유우토의 두 어깨에 달려 있었기 때문이다.

노력하고, 애를 쓰며 미친 듯이 달려온 3년이었다.

꼭 돌아가야 한다는 마음뿐이었다.

미츠키를 다시 보고 싶다고 줄곧 바랐다.

경솔했던 당시 자신의 행동도 물론 반성은 하고 있다.

그러나 문득 지금에 와서 깨달았다. 위그드라실의 대지를 밟게 된 것에 대해 후회는 하지 않는 자신이 있다는 것을.

위그드라실에서의 생활은 불편하기 짝이 없었다.

에어컨도 없는 여름은 덥고, 겨울은 추웠다.

온 지 얼마 되지 않았을 때에는 배탈도 나서 고생도 꽤나 했다.

매일 식사로 빵만 먹느라 쌀을 먹고 싶어 견딜 수 없을 때도 많았다.

텔레비전이나 만화 같은 현대를 상징하는 오락거리도 없었다.

인터넷은 가지고 있던 스마트폰으로 그나마 사용할 수 있지만 그래봤자 하루 30분이 한계였다.

그래도——

되돌아보면, 위그드라실에서의 나날은 현대에서 생활했을 때에 느낄 수 없었던 **충실감**이 들 때가 많았다.

모두를 위해 뭔가를 조사하고, 고안해서 만들어내는 일은 힘들긴 했지만 순수하게 재미있었다.

모두와 무엇인가를 성공시키고, 그 기쁨을 함께 공유하는 건 디지털 게임을 클리어하는 것보다 훨씬 달성감이 높았다.

모두가 기뻐하는 얼굴이나 감사의 말을 접할 때마다 자랑스러움도 샘솟았다.

누군가가 자신을 필요로 하는 것에 나쁜 기분이 들지 않았다.

동료들도 생겼다.

현대에 있을 때처럼 적당히 얕게 사귀고 끝나는 사이가 아니라 고락을 함께 하고 때로는 생사의 경계까지 함께 헤쳐나가야 하는 전우, 혹은 가족이라고 불러야 할 사람들이.

그래서 그럴까.

3년 동안 현대로 돌아가고 싶다고 그토록 바랐는데.

이제야 간신히 돌아왔는데.

마음 어느 구석에서 그리움이 자꾸 생기는 건…….

"유우토 오빠, 많이 기다렸지?"

뒤에서 소꿉친구의 목소리가 들렸다.

평소에 그 목소리를 들으면 마음이 들떴지만, 지금은 가습이 옥죄어드는 것만 같았다. 크게 심호흡을 하고 결심을 한 다음 몸을 돌렸다.

"아니, 나도 지금 왔어. 이런 밤늦은 시간에 불러내서 미안해."

가급적이면 보통 때와 똑같이 태연하게 있으려고 했다.

그러나 철이 들기 전부터 함께 지낸 소꿉친구는 벌써 뭔가 알아차린 듯했다. 부드러운 웃음을 지으며 말했다.

"위그드라실에 가기로 결심했구나."

"……너한테는 뭘 숨길 수가 없다."

"유우토 오빠에 대해서라면 난 뭐든지 알아."

"그러냐."

가슴에 욱신거리는 아픔이 훑고 지나갔다.

이렇게까지 자신을 잘 이해해주고 있는데.

마음을 주고 있는데.

그 기대에 부응할 수 없는 자신의 한심함에 자꾸만 화가 났다.

"한 가지 물어봐도 될까? 돌아가려는 건 의무감 때문이야? 종주라서? 모두에 대한 책임이 있으니까?"

유우토는 잠시 그 물음을 곱씹었다.

책임에 대한 의무감이 없다고 할 수는 없었다.

그러나 제일 중요한 건 아니었다.

지금 유우토의 마음에 넘치고 있는 건 좀 더 순수한 감정이었다.

유우토는 천천히 고개를 가로저었다.

"아니야. 그 녀석들을 좋아하니까. 소중하니까 지키고 싶어."

그 모두가 죽임을 당하는 꿈을 꿨을 때 자각하지 않을 수 없었다.

지금 유우토에게 있어 《늑대》 모두의 존재는 미츠키와 비교해도 결코 뒤쳐지지 않을 정도로 중요하게 자리 잡았다는 것을.

계속 마음에 뚜껑을 덮어두고 모른 척했다.

그러나 이제 자신을 속일 수는 없다.

지켜야 한다가 아니었다.

지키고 싶은 것이다.

절대로 잃고 싶지 않았다.

소중한 가족이니까.

"……그렇구나. 난 이제 기다리지 않을 거야. 기다려주지 않을 거야."

"웃!"

미츠키의 말에 유우토는 자신의 얼굴이 한심스러울 정도로 굳어지는 것을 자각했다.

그녀를 불러냈을 때부터 각오는 했었다. 오히려 자신이 먼저 「나를 잊어줘」라고 말할 셈이었다.

미츠키도 물론 소중하다. 다른 남자한테 주고 싶지 않다.

그러나 미츠키가 행복하다면 참을 수 있다.

생각하면 할수록 괴롭고 미쳐버릴 것만 같지만 《늑대》의 모두가 다 죽는 미래를 맞는 것보다는 차라리 나았다.

자신의 곁이 아니더라도 웃으며 살아갈 수 있다면……

그렇게 납득을 했을 터인데도 막상 그녀의 입으로 현실을 들으니 마음이 마구 흔들렸다.

"하하, 하긴 그렇지. 3년이나 기다리게 했는데 또 기다려달라고 하면 너무 뻔뻔하지."

스스로 봐도 너무 미련이 절절해서 웃음 밖에 나오지 않았다.

사실 마음 어딘가에서 그래도 미츠키는 꾸준히 자신을 기다려주지 않을까 하는 기대를 품었다.

응석을 부렸다.

자만심에 빠져 있었다.

그럴 리가 없었다. 망상도 정도껏 했어야 했다.

이제야 다시 되돌아올 수 있었는데, 이런 풍요롭고 평화로운 세상에서 언제 죽을지 알 수 없는 위험한 세계로 돌아가고 싶다고 말하는 바보를 기다려주는 그런 착한 사람이 어디 또 있단 말인가.

"난 차였구나."

아니, 차준 것일지도 모른다.

이 세계에 미련을 끊도록 돕기 위해서.

유우토의 미련을 끊어내고 등을 떠밀어주기 위해서.

이걸로 마음을 편히 가지고 위그드라실로 갈 수 있을……

"뭐? 무슨 소리 하는 거야?"

미츠키가 진지한 표정을 짓다가 갑자기 그게 무슨 뜻이냐는 듯 어리둥절해서 눈을 동그랗게 떴다.

"어? 아니, 그게……. 안 기다려주겠다고……."

"응, 그러니까 안 기다릴 거야. **나도 같이 위그드라실에 갈 거니까.**"

"……뭐어?"

순간 미츠키가 무슨 말을 하는지 이해를 못해 유우토의 입에서 얼빠진 소리만 새어나왔다.

그런 유우토에게 미츠키는 역시 다정하고 자애로운 어머니처럼 미소를 지으며 말했다.

"자만해서 하는 말은 아니지만 말이야. 유우토 오빠가 위그드라실에서 이쪽으로 돌아오려고 한 것도, 지금까지 위그드라실로 돌아가는 걸 주저했던 것도 내가 여기 있어서 그런 거지?"

자만이고 뭐고 그게 사실이었다.

유우토도 성인군자는 아니었다.

전기와 가스, 수도가 통하는 문명적인 생활에 미련이 없는 건 아니었다.

위그드라실에 있을 때는 일본식, 특히 쌀이 그리웠다. 돌아와서 마침내 입에 댄 쌀의 맛은 저도 모르게 눈물이 다 날 정도였다.

이곳은 오락으로 넘쳐났다. 인터넷도 잘 연결되고 얼마

든지 사용할 수 있다.

그러나 이런 것들은 유우토에게 있어 결정적인 것이 아니었다. 참으려고 하면 얼마든지 참을 수 있는 수준의 것들이다.

유우토를 현대에 발 묶어 두는 것이야말로 미츠키 이외의 그 누구도 아니었다.

"내가 위그드라실에 함께 가면 말이야. 유우토 오빠도 고민하지 않아도 되잖아? 망설일 필요도 없이 《늑대》의 모두를 구할 수 있잖아?"

"바보, 그런 짓을 어떻게 하냐!"

"왜? 유우토 오빠는 한 번 갔잖아. 그리고 또 가려 하고 말이야. 유우토 오빠가 다시 갈 수 있다면 내가 따라서 가는 것도 가능할걸."

"그런 말을 하자는 게 아니야. 미츠키, 너 알긴 알아?! 한 번 가면 언제 돌아올 수 있을지 알 수 없다고! 두 번 다시 돌아오지 못할 수도 있어."

"응, 알고 있어. 같이 가겠다는 거잖아. 이제 기다릴 수 없으니까."

"이 멍청아! 너한테는 가족이 있잖아! 루리 같은 친구도 있고! 그 모두와 다시는 만나지 못하게 된단 말이야!"

어제의 단란한 가족의 모습만 봐도 알 수 있다.

유우토와는 달리 미츠키의 가족들은 사이가 매우 좋았다.

루리와도 매우 친밀하게 보였다. 학교에도 다른 사이좋

은 친구들이 많으리라.

유우토만을 위해 그 모든 것을 버리겠다니 그야말로 미친 짓이다.

"하지만 전화는 할 수 있잖아. SNS 같은 것도 있고 말이야."

이런 상황인데도 정작 본인은 태연하기만 했다.

"물론 모두와 만날 수 없을 걸 생각하면 외로워. 저쪽에 가면 향수병에 걸릴지도 모르고."

"그렇다면……!"

"하지만 유우토 오빠와 만날 수 없는 편이 더 외로웠단 말이야. 얼마나 슬펐는데. 이제 또 헤어지고 싶지 않아. 왜냐하면 나는…… 나는 유우토 오빠를 좋아하니까."

그러면서 미츠키는 유우토를 지그시 쳐다보았다.

그 눈은 한없이 진지하기만 해서, 그녀의 강한 열망이 전해지는 것만 같았다.

유우토에게는 그 한결같은 시선을 견딜만한 **각오**가 아직 없었다. 저도 모르게 시선을 피하고 말았다.

"……3년이나 만나지 못했는데 무슨 소리를 하는 거야."

"응, 맞아. 3년 동안 만나지 못했는데도 전혀 마음이 식지 않았어. 오히려 점점 더 좋아지기만 했어."

"바보야. 내가 이 3년 동안 너한테 무슨 짓을 했는데. 온갖 마음고생만 시켰잖아."

"그래도 좋아해. 어떻게 할 수 없을 정도로 좋아하니까 어쩔 수 없단 말이야."

"잘 생각하고 말해. 인생을 좌우하는 선택이 될 거라고."

"생각했어. 열심히 생각했다고. 하지만 그렇게나 머리를 싸매고 고민해도, 유우토 오빠가 없는 세상에서 살면서 오빠 이외의 연인을 만들어 결혼하고 오빠 이외의 다른 사람의 아이를 낳는 미래는 상상도 못 하겠어. 아니, 그게 아니야. 그런 미래는 싫어."

"…………."

유우토 역시 그런 미래가 싫었다.

그러나 어쩔 수 없다고 포기한 미래이기도 했다.

"응, 역시 그런 미래는 싫어. 내 곁에는 꼭 유우토 오빠만 있으면 좋겠어. 오빠가 아니면 싫어."

"……전기도, 가스도, 수도도 아무것도 없는 세계야."

"하지만 유우토 오빠가 있잖아."

"현대에서는 할 필요도 없는 고생을 하게 될 거라고."

"사랑하는 사람하고 함께 하는 고생이라면 오히려 기쁜 일이야."

"역시 넌 바보야……."

"그렇게 몇 번이나 바보라고 하지 마. 뭐, 자각은 있지만. **그것보다!** 이제 대답을 좀 들려주면 좋겠는데?"

미츠키는 두 손으로 유우토의 뺨을 감싸더니 억지로 얼굴을 자기 쪽으로 돌렸다.

여전히 그 눈동자에 깃든 강한 의지에는 압도당했지만, 이번에는 얼굴을 붙들려도 벗어나려 하지 않았다. 받아들일 수밖에 없었다.

자신은 정말 대단한 소녀에게 반했다는 사실을 새삼 깨달았다.

유우토는 이제 두 손 다 들었다는 듯, 하지만 웃음기를 품은 탄식을 쏟아내었다.

"……알았어. 데리고 갈게. 아니, 그게 아니지. 같이 가주세요. 부탁드립니다."

"……아니야. 그게 아니라고."

미츠키가 불퉁한 표정으로 뺨을 부풀렸다.

"으응?"

유우토는 영문을 알 수 없었다.

데리고 가겠다고 했는데 왜 언짢아하는 걸까.

"데리고 간다, 따라간다 이전의 문제가 있잖아?"

"으음?"

"난 유우토 오빠를 좋아한다고 했잖아? 유우토 오빠는 나를 어떻게 생각해?"

"마, 말한 거랑 똑같지 않나."

"난 들은 기억이 없는데."

미츠키가 가차 없이 고개를 가로저었다.

"같이 가달라고 부탁하면 다 그런 뜻 아니겠어?"

"전혀 모르겠는데. 더 확실하게 말해야 알아듣지."

그런 미츠키의 눈동자에는 어쩐지 장난기 어린 빛으로 가득했다.

완전히 다 알면서 하는 행동이었다.

그런 행동마저도 귀엽다고 느끼니 콩깍지가 쓰여도 단단히 쓰였나 보다.

하지만 이대로 미츠키의 뜻대로 움직여 그 말을 해주는 것도 은근 내키지 않았고, 무엇보다 부끄럽기 그지없었다.

그러나 여기서는 각오를 꼭 보여야 할 순간이다.

'아니, 잠깐만? 어차피 각오를 할 거라면…….'

유우토의 머리에 어떤 좋은 아이디어가 번뜩였다.

그건 정말 묘안 같았다.

"미츠키."

"응, 왜?"

단단히 마음을 먹은 유우토의 표정을 보고 알아차렸는지, 미츠키가 활짝 웃으며 되물었다.

여기까지 이런 흐름으로 왔으니 유우토의 대답은 이미 전해졌으리라.

그래서 한 수 더 **위**로 가기로 했다.

"제 아내가 되어주세요."

"앗?! 아, 아…… 뭐어어어엇?!"

미츠키가 번개라도 맞은 것처럼 화들짝 놀라 외쳤다.

역시 이 한발 앞서간 대답은 상상도 못 했던 모양이다.

그러나 유우토 입장에서는 두 번 다시 돌아올 수도 없는 세계로 그녀를 데려가는 이상, 미츠키의 인생을 다 망치는 이상, 이건 당연한 선택이었다.

"여자 친구로만 삼고, 모든 걸 다 버리게까지 하면서 그런 험난한 곳으로 따라오라고 할 수는 없잖아. 하지만 내아내가 되는 거라면 확실하게 말할 수 있어. 나를 따라와 달라고."

그렇게 말하며, 유우토는 미츠키를 향해 손을 내밀었다.

"아우, 아우."

미츠키는 오늘 최고조라고 할 수 있을 정도로 얼굴을 새빨갛게 물들이며, 유우토의 얼굴과 손바닥을 교대로 정신없이 바라보았지만, 이윽고 수줍게 손을 갖다 대듯 포갰다.

"……네. 유우토 오빠의 아내가…… 되게 해주, 꺄아아악?!"

당장이라도 꺼져 들어갈 것만 같은 목소리로 미츠키가 하는 말을 끝까지 기다리지 않고, 유우토는 그 손을 확 잡아끌어 꼭 안았다.

감정이 흘러넘쳐서 도저히 기다릴 수가 없었다.

"말했지? 이제 절대로 놓치지 않을 거야."

"응, 놓으면 안 돼."

미츠키가 유우토의 얼굴을 올려다보며 시선이 얽혀들자 살며시 눈을 감았다.

그 의미를 모를 정도로 유우토도 목석이 아니다.

그도 눈을 감고 천천히 얼굴을 가까이 가져갔다.

포개지는 두 그림자를 향해 오직 달빛만이 내려앉고 있었다.

EPILOGUE

"응, 역시 조사를 하면 할수록 앞뒤가 맞아. 역시 그렇다고밖에 볼 수 없겠어."

호텔 방에서 사야는 컴퓨터 화면을 주시하면서 복잡한 얼굴로 입가에 손을 대었다.

위그드라실의 수수께끼를 풀어냈다.

학회 등에서 입증하기에는 물증이 다소 부족할지도 모르겠지만, 그녀는 거의 틀림없다고 단언할 수 있었다.

그러나 이건 그—— 유우토에게는 좋은 소식이라고 할 수는 없으리라.

오히려 비극적인 소식에 더 가까웠다.

"이건 가르쳐주지 않는 편이 더 낫겠다."

삐걱, 하는 소리와 함께 의자 등받이에 몸을 맡기면서 사야는 천장을 올려다보며 중얼거렸다.

이건 모르는 편이 차라리 행복하다.

그리고 안다고 해서 뭘 어떻게 할 수 있는 문제도 아니다. 이건 명백히 인간의 수준에서 해결하기는 힘들다. 무엇을 어찌하더라도 회피하는 건 불가능하다.

설령 유우토가 그 어떤 현대의 지식을 구사하더라도.

이 가설이 맞다면——

"위그드라실은 멸망할 운명에 처해 있어……"

to be continued

작가 후기

힘들었습니다.

이번에는 정말로 힘들었습니다.

이렇게 고전을 한 건 전작인 2권 이후, 실제로는 십 수 권 만에 겪는 고생입니다.

그래도 이렇게 여러분들께 보여드릴 수 있어 다행입니다.

안녕하세요. 오래간만입니다. 타카야마 세이치입니다.

이번에 고전을 면치 못한 이유는 두 개의 테마를 한 권에 정리하려는 바람에, 그걸 깨닫고 한 가지로 범위를 좁힌 후에야 다소 순조롭게 진행을 할 수 있게 되었습니다.

이번 권은 약간 백련 시리즈답지는 않았지만, 가끔 이런 전개도 좋지 않을까 하고 작가로서는 그런 생각이 들었는데 어떠셨나요?

즐겁게 읽어주셨다면 기쁘겠습니다.

이번 권을 거쳐 유우토도 한 단계 더욱 성장을 했을 테니 앞으로의 활약을 기대해주세요.

이미 읽으신 분도 계시겠지만, HJ 공식 홈페이지에서 「백련의 패왕과 성약의 발키리」의 코믹 연재가 시작되었습니다.

그래서 사실 이 작가 후기를 쓰는 현재, 저도 완성 원고를 살펴보지 않았답니다(웃음).

그런 이유로 저는 지금 매우 기대를 하고 있습니다.

아직 읽지 못하신 분은 꼭 HJ 공식 홈페이지를 방문해주세요!

또한 2월 6일 오픈된 「읽어보자! HJ 문고」라는 코너에서 백련 시리즈의 단편도 기고하였습니다.

시간적 순서로는 6권── 신년회 즈음의 한 장면입니다.

무료로 읽을 수 있기 때문에 이 작품도 읽어주시면 기쁘겠습니다.

그럼 올해로 저는 라이트노벨 작가 5년째에 접어들었습니다.

그걸 기념하는 건 아니지만 이번 권이 발매되는 3월 1일 「소설가가 되자」에서 연재를 개시하게 되었습니다.

제목은 「용과 소녀와 하늘을 달리는 기사」입니다.

작가로서는 꽤 잘 써진 것 같고 재미있다! 라고 생각하고 있습니다만 (담당자 M 씨도 꽤 마음에 들어 하는 눈치), 두 가지 정도 이유가 있어 그대로 상업 출판은 어려워 그냥 묻히게 된 작품입니다.

이대로 어둠 속에 잠들어버리는 것도 아깝고, 최근은 라이트노벨 업계에서도 소설가가 되자 웹사이트 붐이 일어나기도 하니 나도 한 번 해볼까 하고 시도하게 되었습니다.

그래서 시간이 되실 때, 그리고 감사하게도 타카야마 팬이라고 하시는 분들은 무료로 읽을 수 있으니 꼭 방문해주시면 감사하겠습니다.

그럼 마지막으로 감사 인사를.

담당자님, 이번에 민폐를 끼쳐 매우 죄송합니다.

유키상 선생님도 고생 많으셨습니다. 항상 아름답고 멋진 일러스트를 그려주셔서 감사합니다.

chany 씨, 코미컬라이즈는 맡아주셔서 감사합니다. 앞으로도 잘 부탁드립니다.

그리고 이 책 출간에 힘을 보태주신 각 관계자들께 감사드립니다.

무엇보다 이 책을 읽어주시는 독자님께 깊은 감사를.

그럼 8권에서 다시 뵙길 기대합니다.

타카야마 세이치

Master Of Ragnarök&Blesser Of Einherjar 7
© 2015 Seiichi Takayama
Originally published in Japan in 2015 by HOBBY JAPAN CO., Ltd.
Korean translation rights © 2020 by Somy Media, Inc.

백련의 패왕과 성약의 발키리 7

2020년 5월 24일 1판 1쇄 인쇄
2020년 6월 1일 1판 1쇄 발행

저   자 타카야마 세이치
일 러 스 트 유키상
옮 긴 이 김진아
발 행 인 유재옥
본 부 장 조병권
담당편집자 정영길
편 집 1 팀 정영길 김민지 조찬희
편 집 2 팀 김다솜 이본느
편 집 3 팀 오준영 곽혜민 김혜주
미   술 김보라 서정원
라이츠담당 김슬비 한주원
디 지 털 박상섭 박지혜 이성호
경영지원 유하나
발 행 처 ㈜소미미디어
등   록 제2015-000008호
주   소 서울시 마포구 토정로222, 403호(신수동, 한국출판콘텐츠센터)
판   매 ㈜소미미디어
마 케 팅 한민지 권지수
전   화 편집부 (070)4164-3962, 3963 기획실 (02)567-3388
              판매 및 마케팅 (070)4165-6888, Fax (02)322-7665

ISBN 979-11-6057-627-6 04830
        979-11-85217-48-2 (세트)